미래 학교 백서

미래 학교 백서

초판 1쇄 찍은날 2025년 1월 6일
초판 1쇄 펴낸날 2025년 1월 13일

글 심녀울, 이선주, 탁경은, 하유지
펴낸이 서경석
책임편집 김진영 | 편집 이봄이 | 디자인 권서영
마케팅 서기원 | 제작·관리 서지혜, 이문영
펴낸곳 도서출판 청어람 | 출판등록 2009년 4월 8일(제313-2009-68호)
본사 주소 경기도 부천시 부일로483번길 40 (14640)
주니어팀 주소 서울특별시 구로구 디지털로 272 한신IT타워 404호 (08389)
전화 02)6956-0531 | 팩스 02)6956-0532
전자우편 juniorbook0@gmail.com
블로그 blog.naver.com/juniorbook
인스타그램 @chungeoram_junior

ISBN 979-11-04-40001-8 43810

미래 학교 백서

심너울 이선주 탁경은 하유지

청어람주니어
Chungeoram Junior

차례

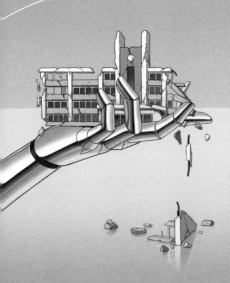

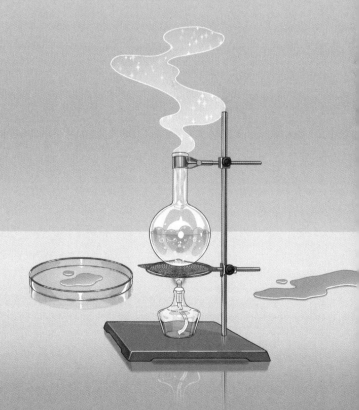

해커와 찰리

탁경은

탁경은

서울에서 태어나 대학에서 국문학을 전공했다. 청소년 소설 《싸이퍼》로 제14회 사계절 문학상을 받으며 등단했다.

지은 책으로 《사랑에 빠질 때 나누는 말들》《러닝 하이》《소원 따위 필요 없어》《어마 어마하게 멀리서 온 마음》 등이 있고, 함께 지은 책으로 《열다섯, 그럴 나이》《달고나, 예리!》《첫사랑 49.5℃》 등이 있다.

글쓰기를 더 즐기고 싶고, 글쓰기를 통해 더 괜찮은 인간이 되고 싶다.

1

 오늘도 아침 메뉴는 토스트와 시리얼이다. 자칫 잘못하면 지각이다. 나는 우유에 말린 시리얼을 그릇째로 후루룩 마신다.

 "오늘은 초현이가 좋아하는 어묵볶음이 나오네."

 아빠가 냉장고 모니터를 힐끗 보며 식빵에 버터를 바른다. 아빠는 버터, 난 무조건 딸기잼이다. 엄마는 바삭하게 구워진 식빵에 아무것도 바르지 않는다.

 "우리 학교 다닐 땐 미역국이 자주 나왔었는데……."

 엄마가 조금 슬퍼 보이는 얼굴로 식빵을 한 입 베어 문다.

 "미역국? 그게 뭐야?"

"에효, 그런 게 있단다."

내가 묻자 엄마 표정은 아까보다 더 어두워졌다.

엄마와 아빠는 권위적인 꼰대 스타일은 아닌데 먹는 이야기만 나오면 "우리 때는 말이지…", "옛날에는 있지…" 이렇게 서두를 뗐다. 자신들이 먹고 사랑했던 식재료가 지금은 사라져 버려 하나뿐인 소중한 아들의 입에 집어넣을 수 없다는 사실을 안타까워하고 그러면서 틈틈이 과거의 향수에 젖는다. 그렇지만 나로서는 경험해 본 적이 없는 맛을 그리워하거나 안타까워할 수 없는 노릇이라 공감을 해 줄 수가 없다.

"아빠도 학교 다닐 때 마스크 썼다며."

아빠는 식빵 모서리까지 야무지게 버터를 바르는 일에 한껏 집중하며 대답한다.

"잠깐 썼지. 코로나 땜에."

엄마가 불쑥 끼어든다.

"코로나19 때문에 세계적으로 난리가 났었지."

코로나19? 처음 듣는 단어다. 학교에 가서 검색해 봐야지. 아마도 바이러스 이름이겠지. 식빵을 반 조각 남기고 자리에서 일어선다. 지금 출발하지 않으면 진짜 지각이다. 지각이 누적되면 결석 처리가 되고 결석이 많으면 벌점을 받고 벌점이 쌓이면 기말고사 성적에 반영된다.

"다녀오겠습니다."

가방을 멘 채 현관 근처에서 허둥지둥 신발을 찾아 신는 나에게 아빠가 달려온다.

"아들, 오늘도 횟팅해."

아빠가 내민 마스크를 챙기며 나는 대충 "응응."이라고 얼버무린다.

코로나19 때 사람들이 바이러스 감염 때문에 마스크를 썼듯이 지금도 마스크는 소중하다. 마스크 없이는 어떤 곳에도 갈수 없다. 공기가 심각하게 오염되었기 때문이다. 엄마 말로는 내가 태어나기 전에도 가끔 미세먼지와 초미세먼지 수치가 좋지 않은 때가 있었지만 지금만큼 나쁘지는 않았단다. 말 그대로 지금 한반도의 미세먼지 수치는 최악이다.

초미세먼지 수치가 갈수록 악화되면서 엄마는 재택근무를 했고 프리랜서인 아빠는 중요한 업무가 있을 때만 외출을 했다. 어른들과 달리 학교에 가야 하는 우리에게 마스크는 필수 중의 필수다.

아빠가 챙겨 준 마스크는 등하교 시 사용하는 특수 마스크다. 몇 년 전 개발된 특수 마스크 5M은 미세먼지 차단력이 우수할 뿐만 아니라 산소 포화도를 자동으로 맞춰 주는 기능이 있어 아무리 오래 착용해도 전혀 답답하지가 않다. 검색해 보면 가격이 싸지 않다는 걸 알 수 있는데 학교에서는 학생들에게 5M을 무료로 나눠 주었다.

학교에 도착하면 마스크를 벗을 수 있다. 학교 건물은 돔 형태의 차단 시스템이라 미세먼지로부터 안전하다. 게다가 완벽한 공기 정화 시스템을 갖추고 있다. 커다란 강당이 있어 운동도 얼마든지 마음껏 할 수 있다. 아이들 사이에서 가장 인기 있는 운동은 농구다.

몇 년 전 여름 방학 때 베란다에 오랫동안 방치 중이었던 자전거를 우연히 발견했다. 아빠가 젊은 시절에 아꼈던 자전거라고 했다. 고이 접어 보관용 커버에 잘 보관해서 그런지 연식에 비해 자전거는 꽤 멀쩡해 보였다. 나는 자전거를 배우고 싶다고 아빠에게 일주일 내내 졸랐다. 결국 항복한 아빠와 함께 자전거를 끌고 학교 강당까지 왔다. 아빠는 능숙하게 자전거를 탔고 그걸 보며 나는 금방 배울 수 있을 거라 자신했다. 그런데 아니었다. 중심을 잡고 두발자전거를 타는 일은 별 거 아닌 일이 아니었고 나는 "어어어!" 하다가 중심을 잃고 여러 번 넘어져야만 했다.

잠깐 쉬기로 하고 강당 창가에 앉아 아빠와 음료수를 마셨다. 창밖을 바라보다가 아빠가 말했다.

"아빠가 어렸을 때는 학교 운동장에서 뛰놀았는데. 축구가 제

일 인기였는데……."

뒷말을 생략했지만 아빠가 하려는 말이 무엇인지 알아차렸다. 그건 아마도 엄마가 자주 이야기했던 것과 일맥상통하는 말일 것이다.

"가끔 미세먼지 수치가 나쁘긴 했지만 그래도 우리 때는 지금과 비교할 수 없을 정도로 공기가 맑았어. 낮에는 구름이 보였고 밤에는 달이 보였지. 비가 와서 공기가 좋은 날은 건너편 산들의 능선과 높은 빌딩까지 한눈에 볼 수 있었어. 공원에는 산책을 즐기는 사람, 자전거를 타는 사람, 맨발 걷기를 하는 사람들이 가득했지. 퇴근 후 치킨과 맥주를 사 들고 야구 경기장을 찾는 사람도 많았어. 아빠는 산을 좋아해서 주말이면 등산을 했고 엄마는 야트막한 둘레길에서 트레킹을 즐겼지. 그 모든 기억이 이토록 생생한데 지금은 그럴 수 없다는 사실이 믿기지가 않아."

2

2교시는 과학 시간이었다. 내가 다니는 고등학교는 과학 특성화 학교다. 과학을 좋아하는 아이들이 모여 있는 곳이라 다른 학교에 비해 화학 실험을 비롯한 과학 실험 수업이 많은 편이다.

대부분의 아이들이 과학을 좋아하는 편이지만 과학 성적이 가장 우수한 애는 석범이다. 우리 반 1등이기도 하다. 반장 선거에서 나와 끝까지 붙었던 녀석도 석범이었다.

석범이 다음으로 성적이 좋은 애는 나와 같은 실험 모둠 조원인 홍세은이다. 세은의 머리카락은 빛을 받으면 붉게 빛났다. 염색을 한 건지 태어날 때부터 머리 색이 그랬던 건지 아직 묻지 못했다. 그 애와 좀 더 친해지면 물어보고 싶은데 아직 친해질 기회가 없었다. 세은이 왼손으로 붉은빛이 도는 머리카락을 가다듬는데 워치가 반짝거렸다. 빛이 강렬하고 반짝이는 속도가 좀 빠르다. 내 워치와 종류가 다른 워치인가 보다.

과학 실험실에 모여 로봇 교사 T샘에게 주의 사항을 들었다.

첫째, 실험대 위에는 실험에 필요한 것만 놓는다.

둘째, 실험복을 반드시 착용한다.

셋째, 실험 도구나 기계를 사용할 시에는 작동법을 숙지하고 오작동 시 비상 정지 방법을 익힌다.

넷째, 실험 전 해당 실험에서 일어날 수 있는 사고에 대해 미리 이야기 나누고 대비한다.

창가 쪽에 앉은 모둠 애들이 쑥덕거렸다. T샘이 말하는 내용을 주의 깊게 듣지 않고 있었다. 하긴 오늘 실험에 사용하는 물질들은 안전한 편이라 필요 이상으로 긴장하거나 주의를 기울

일 필요가 없긴 하다. 가끔 유독한 물질을 다루는 실험을 진행할 때는 T샘 혼자 수업을 하지 않고 교장샘이나 교감샘이 함께한다.

우리 학교는 로봇 교사 시범 학교로 선정되었다. 그래서 교장샘과 교감샘을 제외한 모든 교사가 인공 지능 로봇이다. 되게 웃긴 부분은 이거다. 내가 보기에 T샘은 교장샘보다도 아는 게 많다. 인내심 또한 대단해 어떤 일이 있어도 결코 화를 내지 않는다. 하긴 인내심이 대단한 게 아니라 감정 자체가 없는 거지. 하여튼 로봇 교사 T샘은 교사로서의 직무를 훌륭히 소화해 내고 있다. 그런데 아이들은 T샘과 교장샘을 대하는 게 다르다. 교장샘과 교감샘 앞에서는 예의를 갖추려고 애쓰지만 T샘 앞에서는 그러지 않는다고나 할까.

"실험하다가 막히면 손을 드세요."

T샘이 상냥한 말투로 말했지만 대부분의 아이들은 T샘의 말을 들은 척 만 척했다. 온순하고 착한 몇몇 아이들만이 대답을 해 주었다. 나도 같은 조원인 세은, 예림과 함께 실험을 시작했다. 과학 실험을 할 때 가장 중요한 것은 조원끼리의 호흡이다. 나 혼자 독단적으로 결정하거나 행동하면 안 되니까 의견을 주고받으며 조원들과 손발을 맞춰 나가야 한다.

"으악!"

실험을 시작한 지 십 분도 채 안 되었을 때 옆 모둠에서 비명 소리가 터져 나왔다. 그와 동시에 역겨운 냄새가 확 맡아졌다. 숨이 턱 막혔다.

"선생님!"

한 아이가 다급하게 T샘을 불렀다. 로봇이지만 T샘은 교사였고 지금 상황을 책임지고 이끌어 가야 했다. T샘은 옆 모둠으로 다가가 상황을 파악하려고 애썼고 아이들은 헛구역질을 하기 시작했다.

"모두 옷이나 팔로 코를 막으세요."

그건 정말이지 한 번도 맡아 보지 못한, 기상천외한 냄새였다. 속을 까뒤집고 싶을 만큼 메스껍고 역겨웠지만 학급 임원으로서 가만히 있을 수는 없었다. 나는 손가락으로 코를 틀어쥐며 실험실 앞으로 나가 급히 환기 시스템을 작동시켰다. T샘은 교장샘과 연락을 시도했지만 교장샘은 전화를 받지 않았다.

"자, 모두 차분히 행동합시다. 1조부터 나오세요."

T샘은 실험실 문을 열고 모둠별로 차례차례 빠져나갈 계획을 세운 것 같았다. 그런데 실험실 문이 열리지 않았다. 문이 꿈쩍도 하지 않자 T샘은 오류가 일어난 것처럼 허둥지둥했다. 설상가상으로 환기 시스템을 작동시켜도 악취는 잘 빠져나가지 않았다. 악취를 풍기는 물질이 이미 실험실을 가득 채운 후였다. 지

독한 악취를 참지 못하고 석범이 소리쳤다.

"창문을 열어야 해요!"

저마다의 방법으로 코와 입을 막은 채 끔찍한 냄새를 견뎌 내던 아이들이 창문을 열자는 말에 술렁였다. 한 아이가 손바닥으로 입과 코를 막고 코맹맹이 소리로 외쳤다.

"너 미쳤어? 지금 초미세먼지 수치가 얼만데!"

"그럼 계속 이 냄새를 맡고 있자고?"

석범이 미간을 일그러뜨리며 반문했다. 그때 한 아이가 교실 뒤편으로 달려가 속을 게워 냈다. 끝내주네. 악취에 토사물 냄새가 뒤섞이자 비위가 좋은 편인 나조차도 속이 울렁거렸다. 이럴 때 5M이 있다면 좋을 텐데. 나는 교실 사물함에 얌전히 넣어 둔 특수 마스크를 애타는 마음으로 그리워했다.

"선생님, 도저히 못 참겠어요. 창문 좀 열어 주세요."

예림이 간신히 말했다. 기운이 다 빠져나가 목소리에 힘이 하나도 없었다. T샘은 여전히 갈팡질팡했다. 이럴 때 어떤 결정을 내려야 하는지 프로그래밍 되어 있지 않은 듯했다. T샘은 다시 교장샘에게 전화를 걸었다.

"신고하자."

"그래. 119 눌러."

뒤늦게 워치의 신고 기능을 떠올린 아이들이 팔로 코를 막은 채 워치의 화면을 터치했다.

"뭐야. 이거 왜 이래."

"아씨, 얘도 먹통인데?"

"그냥 창문 열어!"

한 아이가 창가로 달려갔다. 그 애가 창문 개폐 버튼을 누른 뒤 수동으로 창문을 열려고 할 때 간절한 외침이 터져 나왔다.

"미안한데, 좀만 더 버티자."

준상이었다. 그제야 아이들은 준상의 존재를 알아차렸다. 물리를 잘하는 준상은 어렸을 때부터 폐가 섬유화되는 질병을 안고 살았다. 학기 초 자기소개 시간에 그 이야기를 하면서 준상은 그래서 자기는 돔이 있는 학교를 다니기 위해 먼 곳에서 이사를 왔다고 말했다. 모두 아차 싶었다. 악취를 견디지 못하고 창문을 여는 순간 준상의 폐는 다칠지도 모른다.

"우리도 미안한데, 더 못 버티겠다고!"

석범이 발끈했다. 지금 이 순간 녀석이 '우리'라는 단어를 쓰면서 모든 게 분명해졌다. 지금 교실은 극명히 나뉘었다. 환자인 준상과 악취보다는 초미세먼지가 낫겠다고 생각하는, 준상을 뺀 나머지 아이들로.

"저 공기를 잠깐 들이마신다고 바로 죽는 건 아니잖아."

한 아이가 말했다.

"야, 너 말이 심하잖아."

지금까지 가만히 상황을 관망하던 세은이 불쑥 끼어들었다. 이렇게 되면 준상의 편이 한 명 생긴 건가?

"한 명 때문에 전체가 희생할 수는 없잖아."

"아니. 그 한 명이 환자일 때는 그렇게 하는 게 맞아."

"뭐냐? 너 준상이랑 사귀냐?"

"개소리를 할 정도면 악취도 견딜 만하단 거네."

세은은 단호했다. 쟤가 저런 캐릭터였나? 평소 누구보다도 묵묵하고 조용한 아이라고 생각했는데 오해였나 보다.

"반장, 어떻게 좀 해 봐!"

예림이 날 선 목소리로 말했고 나는 멀미를 했다. 우리의 안전을 책임져야 하는 교사는 로봇이었고 무슨 일 때문인지 교장 샘은 십 분째 연락이 되지 않았고 악취를 견디다 못해 헛구역질을 하던 아이들이 한두 명씩 토를 하기 시작했고 세은은 한마디도 지지 않겠다는 기세로 말다툼을 이어 나갔고 정상인보다 폐기능이 약한 준상이 고통에 일그러진 얼굴로 나를 바라보았다.

그 순간 왜 아빠에게 자전거를 배운 날이 떠올랐는지 모르겠다. 음료수를 다 마시고 다시 자전거를 탔지만 역시나 또 넘어졌다. 열몇 번 넘어졌을 때 나도 모르게 자전거를 홱 팽개쳐 버렸다. 이깟 자전거 안 타고 말아. 자율 주행 자전거 타면 되지. 안 그래도 자율 주행 자동차가 많아져 운전을 할 줄 아는 사람도 드물었다. 요즘 누가 미련하게 자전거를 직접 타고 다닌다고.

"초현아."

그런 내 마음이 훤히 들여다보였는지 아빠가 나를 달랬다.

"한 번만 더 해 보자."

"아, 몰라. 계속해도 안 되잖아."

아빠는 내 어깨에 손을 얹고는 나를 물끄러미 들여다봤다.

"처음이라 배우기가 어려워서 그렇지 한번 배워 두면 평생 네 자산이 될 거야."

"자산?"

"몸으로 하는 일이 그래. 수영도 그렇고 자전거도 그렇지. 익혀서 네 것으로 만들면 그건 아무도 빼앗아 갈 수 없거든."

몸으로 하는 일. 나는 교실 뒤편에 있는 소화전으로 걸어갔다. 그리고 화재가 나면 창문을 깰 때 사용하는 망치를 든 채 뒷문 앞에 섰다.

퍽 퍽 퍽.

실험실을 비롯한 모든 교실의 앞문과 뒷문은 자동문이었다. 테두리는 금속이었지만 문의 대부분은 단단한 재질의 나무로 만들어졌다. 망치질 몇 번으로 나무 부분이 부서진다는 보장은 없었다. 그렇지만 나는 망치로 문을 두드렸다. 잠시 후 뒤로 약간 물러나 가빠진 숨을 고르는데 세은이 다가와 내가 들고 있던 망치를 가로챘다. 세은이 두 팔로 있는 힘껏 문을 내리쳤다. 그 다음에는 다음 아이가, 그다음에는 또 다른 아이가 망치질을 이 어나갔다. 나무 문 패널이 조금씩 일그러지기 시작했다.

"모두 물러나요."

T샘이었다. 아이들이 모두 기진맥진해진 틈을 타 T샘은 뒷문 앞에 서서 망치를 들더니 팔등에 있는 버튼 몇 개를 눌렀다. 모 드 전환을 하는 것 같았다. T샘이 힘껏 문짝을 내리쳤다. 굉장 한 파워였다. T샘의 망치질 세 번으로 뒷문 중앙 부분이 뻥 뚫 렸고 아이들이 차례로 실험실을 빠져나갔다. 나는 아이들이 다 빠져나갈 때까지 기다렸다. 마침내 복도로 나오자 숨을 마음껏 쉴 수 있었다. T샘이 내 곁으로 다가오더니 말했다.

"잘했어요, 반장."

나는 고개를 한 번 끄덕이고는 아이들이 향하는 곳으로 달려 갔다. 준상을 비롯한 아이들이 달려가는 곳이 어디인지 알 것 같았다. 그곳은 보건실이었다.

3

토를 한 아이들이 기진맥진한 상태로 보건실에 누워 있었고 보건실을 담당하는 교사 S샘은 아이들의 상태를 살피느라 분주했다. 그 곁에 교장샘의 모습이 보였다. 드디어 교장샘과 연락이 닿은 모양이었다.

교장샘에게 몇 가지 사항을 전달받고 보건실을 나오는데 세은과 마주쳤다. 기운 없이 누워 있는 예림을 보러 온 것 같았다. 짧게 눈을 마주치고 교실로 향하려는데 세은이 나를 불렀다.

"반장!"

나는 복도를 걷다가 뒤를 돌아다보았다.

"이거 그냥 넘어갈 일 아닌 것 같아."

그 말이 무슨 뜻인지 알 것 같기도 해서 나는 고개를 한 번 끄덕이고는 실험실로 달려갔다. 실험 도중 터진 사고와 앞다퉈 실험실을 빠져나온 아이들의 흔적으로 실험실은 아수라장 그 자체였다. 나는 아이들이 남기고 간 학습용 패드를 하나씩 챙겨 책상 하나에 쌓아 올렸다. 그러다가 중앙 천장에 있는 환기 시스템과 굳게 닫혀 있는 창문을 차례로 바라보았다. 세은의 말이 맞다. 이건 그냥 넘어갈 일이 아니다.

다음 날, 보건실에 누워 있던 아이들 중 한 명이 결석을 했다. 실험실에서 나온 후 병원에서 검사를 받은 준상은 다행히 건강에 별 문제가 없었지만 조퇴를 했다. 실험실에서 일어난 일을 알게 된 준상의 부모님은 진상이 규명되고 이런 일이 다시 일어나지 않는다는 보장이 없다면 당분간 준상이를 학교에 보내지 않거나 조퇴를 시키겠다고 으름장을 놓았단다.

유출된 물질은 머캅토에탄올로, 유해 가스로 오인할 만큼 악취를 풍기는 물질이었다. 아주 유독한 물질은 아니지만 오래 노출되면 몸에 이상 반응이 생길 수도 있다. 다행히 유출 양이 많지 않고 농도가 짙지 않아 심각한 상황으로 이어지지 않았을 뿐이었다.

반 아이들이 진짜 걱정하는 일은 따로 있었다. 우리 학교는 과학을 좋아하는 아이들이 모여 있는 과학 특성화 학교였다. 과학 실험이야말로 절대 빠질 수 없는 우리 학교의 상징 그 자체였다. 그런데 실험을 하다 보면 위험하고 유독한 물질을 다루기도 한다. 아이들 마음속에 똬리를 틀어 버린 두려움의 실체는 이거였다.

만약 어제 실험실을 가득 채운 가스가 악취가 아니라 유독 물질이었다면?

긴급 학급 회의가 열렸다. 진행은 반장인 내가 맡았고 교장샘과 로봇 교사 T샘이 함께했다. 교장샘이 교실 뒤편에 서서 어슬렁거렸다. 늘 그랬듯이 회의의 주체는 우리들이었다. 특별히 문제가 생기지 않는 한 교장샘이나 교사는 끼어들지 않는다. 우리가 스스로 회의를 진행하고 의견을 나누고 갈등 상황에 부딪치

다가 힘을 모아 해결책을 도출하도록 존중해 주었다.

역시나 아이들이 품고 있는 두려움은 하나였다. '앞으로 이런 일이 또 벌어지면 어떡하지?' 솔직하게 걱정되는 부분을 말하고 자유롭게 의견을 주고받을 수 있도록 나는 한 발 뒤로 물러섰다. 약간 흥분해 격정적인 말투로 의견을 내거나 괜히 딴지를 거는 아이들도 있었지만 그래도 회의 내용은 핵심을 벗어나지 않고 있었다.

"지금 설치된 환기 시스템으론 부족해요."

"맞아. 공기 청정기가 더 있어야 해."

어떤 오염 물질도 완벽하게 정화해 주는 특수 기능 공기 청정기를 구매하자는 의견이었다. 문제는 바이러스는 물론이고 어떤 미세 물질도 정화해 주는 나노 필터가 장착된 공기 청정기의 가격이 꽤 비싸다는 데 있었다. 그리고 유독 물질이 유출될 경우에 실험실 공기를 빠르게 정화하려면 여러 대의 공기 청정기가 필요할 것이다. 어떤 화학 물질이든 바로 잡아내 소방서에 경보 시스템을 알리는 미량 화학 센서를 구입하자는 의견도 나왔다.

"공기 청정기도 좋은데요, 전 앞으로 실험실에 사람 교사가 있었으면 해요."

어제 겪은 일 때문인지 예림의 목소리는 평소보다 작고 가냘팠다. 교실 중간에 앉은 아이들이 고개를 끄덕거리며 동의를 표했다. 아무리 로봇 교사 시범 학교라고 해도 사람 교사가 턱없이 적은 것과 실험실 안에서 로봇 교사 T샘이 보여 준 무능력함을 지적하는 목소리가 이어졌다. 보건실에서 근무하는 로봇 교사 S샘 대신 사람 보건 교사가 있었으면 좋겠다는 의견도 함께 나왔다. 로봇 교사 T샘이 앞에 있었지만 아이들은 상관하지 않고 사람 교사가 함께하기를 바라는 마음을 드러냈다.

"지금까지 나온 내용을 정리해 보겠습니다. 첫째, 당분간 유독 물질을 다루는 과학 실험을 하지 않는다. 둘째, 과학 실험에 함께할 사람 교사를 요청한다. 셋째, 특수 기능을 갖춘 공기 청정기 '슈퍼 필터'와 화학 센서를 구매한다. 이 중 하나에 투표를 해 주시면 됩니다."

다른 학교와 마찬가지로 우리 학교도 전자 투표 시스템을 갖추고 있다. 중요한 의제가 생겼을 때 충분히 학급 회의를 한 뒤 각자 로그인되어 있는 학습용 패드에 접속해 투표를 하면 일 분도 안 돼 투표 결과가 나왔다.

"잠깐만요."

로봇 교사 T샘이 시스템에 접속해 투표 사항을 정리하는데 세은이 자리에서 일어섰다. 아이들의 시선이 일제히 세은에게로 쏠렸다.

"전자 투표 말고 다른 방식으로 하죠."

"뭐?"

"다른 방식?"

"쟤 또 왜 저러냐?"

아이들이 심히 웅성거렸다.

"이유가 뭡니까?"

내 목소리가 어수선한 분위기를 가르며 교실 맨 끝까지 나아갔다.

"위험하니까요."

오늘따라 세은의 머리 색은 유독 밝고 붉게 보였다. 기분 탓인지 몰라도 교실 안 공기도 상쾌하게 느껴지지 않았다. 아까부터 가슴이 좀 답답했지만 정신을 차리고 반장으로서 침착하게 질문을 던졌다.

"어떤 게 위험하다는 건지 구체적으로 말씀해 주시죠. 그리고 다른 방식이라면 어떤 걸 말하는 겁니까?"

세은이 대답을 하려는 순간 석범이 불쑥 끼어들었다.

"지금 우리 모두가 간과하고 있는 사실이 있습니다."

아이들의 시선이 창가 쪽 맨 앞자리로 향했고 교실 뒤편의 이쪽과 저쪽을 오가던 교장쌤의 발걸음이 우뚝 멈춰 섰다.

"어제 우리 워치가 모두 먹통이었다는 거."

석범이 쉬지 않고 이어 말했다.

"무엇보다도, 어제 T샘이 실험실 앞문을 열려고 했는데 열리지 않았다는 거."

그러고 보니 이상했다. 누구도 실험실의 앞문과 뒷문을 잠근 적이 없는데 왜 문이 열리지 않았을까? 갑자기 왜 아이들 워치가 모두 먹통이었을까? 만약 앞문이나 뒷문이 열렸다면 간단하게 해결되었을 일이었다. 문이 열렸다면 헛구역질이나 구토를 하는 아이도 없었을 것이고 폐 기능이 좋지 못한 준상이를 위험에 빠트릴까 봐 걱정할 필요도 없었을 것이다. 그리고 워치로 신고를 해 위급한 상황을 외부에 알리고 몸이 좋지 않은 아이들을 보건실 대신 응급실로 보내는 게 정상적인 후속 조치였다. 그 중요한 사실을 모두 잊고 있었다.

"제가 하려던 말이 그겁니다."

세은이 마지막 말을 남기고는 자리에 다시 앉았다. 나는 석범과 세은을 번갈아 쳐다보았다. 원래 자동문인 실험실 문이 열리지 않았다는 사실과 전자 투표 말고 다른 방식의 투표를 하자는 말이 어째서 그 말이 그 말인 것인지 헷갈렸다. 아이들은 대각선 방향으로 양 끝에 자리한 세은과 석범을 나처럼 번갈아 바라보다가 수군거렸다. 술렁이는 분위기 속에서 교장샘은 근엄한 자세로 팔짱을 꼈고 로봇 교사 T샘은 고개를 갸웃거렸다.

4

세은이 자리에 앉더니 가방에서 개인용 노트북을 꺼냈다. 손때가 묻은, 누가 봐도 최신 모델이 아닌, 꽤 오래돼 보이는 노트북이었다. 로봇 교사 T샘이 여느 때와 다르지 않은 목소리로 침착하게 말했다.

"교장 선생님."

교장샘은 지금 이 상황을 명확히 알고 있다는 뜻으로 고개를 한 번 끄덕이더니 오른손을 천천히 까딱거렸다. 크게 문제 될 거 없으니 일단 조금 더 지켜보자는 뜻으로 보였다.

전국 고등학교에는 명시되어 있지 않지만 분명히 존재하는 암묵적 규칙이 몇 가지 있다.

첫째, 5M 마스크를 소중히 관리하고 훼손하지 말 것.

둘째, 어떤 일이든 회의를 거쳐 전자 투표 할 것.

셋째, 개인용 노트북을 절대 가지고 다니지 말 것.

개인용 노트북을 엄격히 금지하는 이유는 하나다. 과제나 실험을 할 때 챗GPT의 도움을 받거나 인터넷에 접근하는 것을 방지하기 위해서다. 개인용 노트북으로 방대한 정보에 접속해 과제를 수행하거나 커닝을 하는 일은 누가 봐도 공정성에 어긋나는 일이기 때문이다.

"위치를 통제하고 실험실 문을 잠근 건⋯⋯."

석범이 잠깐 머뭇거렸다.

"학교의 시스템을 총괄하는 인공 지능 찰리입니다."

세은이 문장을 완성했다. 매우 기묘한 광경이었다. 반에서 서로를 싫어하는 사이가 있다면 그건 세은과 석범일 것이다. 둘은 반의 1, 2등이라 공식적인 라이벌이기도 했고 중학교 때 같은 반이었을 때도 말 한 번 섞지 않은 사이라고 들었다. 그런 두 사람이 한 사람은 교실 맨 앞쪽 창가 자리에, 다른 사람은 교실 맨 뒤쪽 뒷문 근처 자리에 앉아 말을 주고받는 걸로도 모자라 하나의 문장을 함께 완성했다. 한마디로 둘은 지금 각자의 목소리로 같은 이야기를 하고 있었다.

"그게 지금 무슨 말이야?"

예림이 몸을 돌려 자기 뒷자리에 앉은 세은에게 따지듯이 물었다. 바로 이 순간 내가 세은과 석범에게 묻고 싶은 말이었다.

"찰리가 우리를 가뒀다는 말이지."

세은 대신 석범이 대답했다. 아담한 핑크색 노트북을 앞에 두고 세은은 정신없이 바빠 보였다. 까치발을 살짝 들고 고개를 옆으로 길게 빼서 세은의 손을 힐끔거렸다. 타이핑하는 손이 어찌나 빠른지 쇼팽의 피아노 곡을 연주하는 피아니스트 같았다.

"찰리가 왜?"

다시 예림이 물었고 이번에도 석범이 대답했다.

"그걸 알아내야지."

그 말을 끝으로 석범은 입을 꾹 다물었고 세은은 대답할 정신이 없어 보였다. 세은이 얼마나 집중을 했는지 정신은 물론이고 몸 전체가 노트북 안의 세상으로 빨려 들어가는 듯했다. 세은과 의사소통을 하는 일은 불가능해 보였다.

"홍세은 학생이 원래 프로그램을 잘 다뤘던가요?"

고맙게도 교장샘이 지금 이 순간 몹시 궁금한 질문을 대신 던져 주었다. 하지만 세은은 교장샘의 질문을 듣지 못했다.

"얘 아빠가 유명한 해커잖아요."

이번에는 세은 대신 예림이 대답했다. 질문을 하면 누가 대답을 할지 전혀 예측할 수 없었다. 한마디로 엉망진창이었다.

"화이트 해커, 홍재림."

오, 들어 본 적 있는 이름이다. 그 유명한 화이트 해커 딸이 홍세은이라고? 애들이 다시 술렁였다.

"새로운 가설을 세우고 의심을 하는 건 좋은 태도입니다."

교장샘이 볼록 튀어나온 배를 내밀며 느릿느릿 교실 앞으로 걸어왔다.

"하지만 지금 이 가설은 근거가 부족한 것 같네요."

교장샘이 교탁 옆에 섰고 자연스럽게 로봇 교사 T샘과 나는 교장샘에게 중앙 자리를 양보했다. 교장샘이 손끝으로 안경을 추켜올렸고 기세에 밀리지 않겠다는 듯 석범도 뿔테 안경을 고쳐 썼다. 시력이 좋지 못한 아이들 대부분이 드림 렌즈를 이식해 안경을 쓰지 않았는데 녀석은 유독 안경을 고집했다. 그 이유는 나 빼고 누구도 알 수 없을 것이다.

"근거가 있다면요?"

석범이 조용히 자리에서 일어났다. 드르륵 의자 끌리는 소리가 크게 공기 중에 퍼져 나갔다. 아이들은 모두 석범의 얼굴을 바라보았고 반장으로서 주도권을 빼앗긴 나는 이제 그만 내 자리로 돌아가 앉고 싶었다.

"편히 말해 보세요, 석범군."

교장샘이 인자한 미소를 지었고 석범은 고개를 빳빳이 들고 말했다.

"사고가 일어난 날, 홍세은 워치가 계속 반짝거렸습니다."

반짝이는 워치의 빛? 어, 그거 나도 봤었는데?

"그리고 이건 과학 부장인 저와 T샘만 아는 사실인데 홍세은의 수행 평가 점수에 오류가 있었습니다."

"흠, 무슨 오류였죠?"

"T샘이 준 점수가 반 토막 나 있었습니다."

"그게 어째서 증거인가요?"

"수행 평가 점수를 조작한 건 찰리니까요."

"무엇을 위해서? 찰리가 그런 행동을 할 동기가 있습니까?"

뭔가 중요한 부분을 해결했는지 그제야 세은은 고개를 들어 올렸다. 교장샘과 석범이 나누던 대화를 좇아가려는 듯 잠깐 생각에 잠기더니 세은은 곧바로 자리에서 일어났다. 아이들의 시선이 모두 세은에게로 향했다. 복도 창문으로 들어오는 빛을 받은 세은의 머리카락이 선사처럼 붉게 타올났다.

"제가 찰리에 접속했으니까요."

5

3월 반장 선거에서 최종 후보로 석범과 나만 남았을 때였다. 나는 막판까지 아이들의 마음을 잡기 위해 심혈을 기울였다. 나는 선거 운동을 도와주는 러닝메이트가 둘이나 있었지만 석범은 아니었다. 녀석은 친구가 많은 편이 아니었고 혼자 지내는 걸 좋아했다. 참으로 우직하게도 혼자 모든 것을 해 나갔다. 그게 가끔은 좀 쓸쓸해 보이기도 했다. 사회성이 그다지 좋은 편도 아닌 것 같은데 왜 선거에 나와 고생을 사서 하나 싶기도 했다.

과학 특성화 학교이자 로봇 교사 시범 학교로 선정된 Y 고등학교에 오는 것이 중학교 때 내 목표였다. 나는 어릴 적부터 생물 분야에 관심이 많았고 중학교 내내 과학 성적과 수학 성적도 훌륭한 편이었다.

이곳에 와서 특별한 친구들을 만난 것은 계획에 없던 일이었지만 생각보다 좋았다. 석범은 과학뿐만 아니라 모든 과목에서 우수한 성적을 기록했다. 예림은 화학 실험의 귀재였고 준상은 양자 역학에 대해 로봇 교사 T샘과 토론을 할 정도로 물리학에 능통했다. 세은은 대단한 프로그래머이자 명실상부 지금 가장 핫한 화이트 해커 홍재림의 후계자였다.

선거 바로 전날, 마음이 유난히 심란해져 체육관으로 향했다. 3점 슛 연습이나 하려고 농구공을 챙겼다. 그러다가 체육관에서 홀로 줄넘기를 하고 있는 석범과 마주쳤다. 줄넘기를 한 지 꽤 됐는지 녀석의 얼굴에는 땀이 비 오듯 흘렀다. 원수를 외나무다리에서 마주치는군. 실은 원수라고 말하기도 애매했다. 누가 봐도 애들 사이에서 내 인기는 녀석보다 좋았다. 승리의 기세가 나에게 넘어온 지 오래였다.

적수가 되지 않는 녀석을 무시한 채 나는 드리블을 시작했다. 규칙적으로 드리블을 하다가 몸을 회전하며 골대 밑으로 파고드는 순간 녀석이 나를 가로막았다.

"어우씨, 깜짝이야."

내가 뱉은 욕설에도 녀석은 표정 하나 변하지 않았다. 그저

두 팔을 벌려 단단히 수비 자세를 취했다. 네까짓 게 막는다고 내가 질 것 같으냐. 나는 녀석의 몸을 등으로 세게 밀치며 골대를 향해 팔을 뻗었다. 녀석은 내 힘에 밀려 바닥에 나뒹굴었고 내 공은 그대로 골인. 바닥에 대자로 뻗어 숨을 헐떡이는 녀석을 내려다보았다. 힘 조절을 할 걸 그랬나. 나는 조금 미안해져 팔을 뻗었지만 녀석은 혼자 몸을 일으켜 앉으며 고갯짓으로 옆에 앉으라는 제스처를 했다.

"안경 안 불편하냐?"

땀이 번들거리는 석범의 얼굴에서 뿔테 안경이 주르륵 흘러내렸다. 석범은 입을 비죽거리며 가운뎃손가락으로 안경을 추켜올렸다.

"불편하지."

"그냥 시술 받아. 엄청 간단하다던데?"

석범은 운동복 소매로 이마에 흐르는 땀을 훔치며 대꾸했다.

"안경이 좋아. 그리고 난 불편한 걸 좋아해."

불편한 걸 좋아하는 사람도 있나? 나도 그렇고 사람들 모두 조금이라도 편한 방식이 있다면 조금도 망설이지 않고 그걸 택하는데?

"사람들이 편한 것만 추구하다가 지금처럼 된 거잖아."

"지금이 어때서?"

"최악의 공기, 로봇 교사, 사람보다 인공 지능을 더 믿는 세상."

나는 석범이 하는 말이 이해될 듯도 하고 어렵기도 했다. 하지만 잠시 쉬다가 녀석이 늘어놓은 말들은 분명 어려웠다. 내 수준을 월등히 뛰어넘었다.

"우리 엄마가 철학을 전공했어. 오래전부터 쓸모없다고 천대받은 학문이지. 근데 엄마가 자주 말한 게 있어. 쓸모없는 게 쓸모없는 게 아니라고. 쓸모없기에 쓸모 있는 것도 세상엔 있다고."

이게 대체 무슨 개소리인가? 난센스 퀴즈 같은 걸까? 쓸모없으면 없는 거지 쓸모가 없기에 더 쓸모 있다니. 세상에 그런 게 어디 있나?

"아마도 네가 반장에 뽑히겠지. 하나만 부탁하자."

석범의 눈빛이 나를 오래도록 주시했다. 안경알을 뚫고 전해져 오는 녀석의 눈빛이 뜨거워서, 아니 몹시 불편해서 나는 입을 벌린 채 녀석이 하는 말을 잠자코 듣고만 있었다.

"당연한 걸 당연하다고 생각하지 않는 리더가 되어 주라. 나는 그런 리더가 될 자신은 있는데 애들한테 뽑힐 자신은 없네."

아, 이야기는 점점 이해 불능의 너머로 향했고 머리가 지끈거렸다.

"알아듣게 좀 말해라."

기왕 말을 할 거면 좀 알아듣게 말해 주면 어디가 덧나냔 말이다.

"사람들이 우르르 몰려가는 길이면 의심을 해 보라고."

의심과 거리가 먼 인생을 살아온 나는 여전히 미간을 찌푸린 채였고 석범은 늙은 아저씨처럼 한 번 피식 웃고는 체육관을 빠져나갔다.

어쨌든 나는 그날 석범과 나눈 대화를 전부 이해하지는 못했지만 어떤 대화를 나누었는지는 똑똑히 기억했다. 그 덕분에 나는 석범과 세은이 대각선 모서리 극단에 서서 핑퐁처럼 주고받는 이야기를 조금은 이해하고 따라갈 수 있었다.

"저는 의심했습니다. 왜 그날 홍세은 워치는 이상할 정도로 자주, 빠르게 반짝였을까? T샘이 실수를 할 리가 없는데 왜 수행 평가 점수가 반토막 나 있을까? 누구도 잠근 적 없는 실험실 자동문이 왜 잠겼을까? 별개로 보이는 일련의 사건에는 공통점이 하나 있습니다. 바로 홍세은."

석범이 내게 바라던 것을 들어주지 못했다. 나는 의심하고 질문을 던지는 리더까지는 아니었다. 다만 나는 석범과 세은이 하는 이야기를 제대로 이해하고 싶었다. 그들의 이야기를 명확하고 분명히 이해한다면 혹시 이해하지 못하거나 잘못 이해하는 아이들이 없도록 중간 다리 역할을 해낼 수 있지 않을까. 그게 지금 반장으로서 내가 해내야 하는 책무라고 생각했다.

"제 엄마와 홍세은 아빠가 대학 동창이었고 같은 동아리 멤버였기에 저는 홍세은이 이미 현역에서 활동하는 화이트 해커라는 사실을 알고 있었습니다. 찰리는 화이트 해커인 홍세은에게 경고를 주고 있는 겁니다."

교장샘은 다시 교실 뒤쪽으로 걸어갔다. 교장샘이 멈춘 곳은 세은이 서 있는 자리였다. 세은은 자신을 바라보는 교장샘과 눈을 맞추었다.

"홍세은 학생, 왜 찰리 시스템에 접근했나요?"

세은은 눈을 한 번 질끈 감은 뒤 크게 떴다. 선뜻 대답하지 않고 말을 신중히 고르는 듯했다.

"아빠 컴퓨터를 쓰다가 우연히 우리 학교 시스템에 접근한 블랙 해커 존재를 알게 됐고 해커가 찰리에 접속해 아이들의 개인 정보를 빼 갔다는 걸 확인했어요. 놈이 남기고 간 흔적을 쫓아가다 보니 찰리에 접속할 수밖에 없었어요."

나는 붉은빛을 띠며 타오르는 세은의 머리카락과 석범의 검은 뿔테 안경을 번갈아 보았다.

"그렇다 하더라도 난 좀 화가 나. 세은이 너가 시스템에 접근하는 바람에 우리 모두 실험실에 갇힌 거잖아. 준상이가 이 사실을 알면 얼마나 빡치겠어."

예림이 날이 선 목소리로 따지듯이 말했다. 예림의 말에 동의하는 아이들 몇 명이 고개를 끄덕거렸다.

"내 생각이 짧았어. 미안해."

세은이 고개를 푹 숙였다. 어제의 모습과는 다르게 목소리에 힘이 하나도 없었다. 예림의 지적과 세은의 사과를 바라보던 내 마음이 미묘하게 다시 꿀렁였다.

나는 평범하게 살고 싶었다. 어디에서도 튀지 않는 사람, 누구에게도 주목 받지 않는 인생이 내가 원하는 것이었다. 어른들이 말하면 그대로 따랐고 하라면 그냥 했다. 그런데 세은은 궁금해했고 석범은 의심했다. 나는 한 번도 궁금해하지 않은 것을 궁금해하고 나는 한 번도 의심한 적이 없는 것을 의심하는 애들의 모습을 보자 번뜩 작은 깨달음이 나를 스치고 지나갔다. 궁금해하고 의심하는 것이야말로 리더가 갖춰야 할 덕목이라는 것을. 가산점을 받기 위해 시작한 반장 생활이었지만 제대로 해내고 싶다는 욕심이 내 안에 숨어 있었다는 것을.

갑자기 쉬는 시간을 알리는 종이 울렸다. 나는 잽싸게 정신을 차리며 잠깐 쉬었다가 학급 회의를 이어 나가자고 말했다. 아이들이 뒷문 앞에 섰는데 또 문이 열리지 않았다. 앞문도 마찬가지였다.

"모두 뒤로 물러나세요."

교장샘이 아이들을 뒤로 물린 뒤 홀로 뒷문 앞에 섰다. 교장샘이 주머니에서 꺼낸 리모컨으로 문을 원격 조정 하려고 애썼지만 아무 소용 없는 일이었다.

그렇게 우리는 또 한 번 교실에 갇혔다.

6

순식간에 아이들은 공포에 질렸다. 실험실과 달리 교실에는 탈출용 망치가 없었다. 교장샘이 우리와 함께 교실에 갇혔지만 해결책은 보이지 않았다. 교장샘도 무척 당황한 듯 땀을 비 오듯 흘리며 허둥지둥했다.

-시스템에 접근하지 말 것

아이들 워치에 같은 문구가 떴다. 찰리 짓이었다. 가설이라고 생각했던 석범의 의견이 기정사실화되었다. 찰리는 지금 세은에게 경고를 보내고 있었다. 아니, 경고보다는 협박에 가까웠다.

네가 시스템에 접근할 때마다 너를 이렇게 가두겠음. 그리고 한 번 더 내 시스템에 접근하면 가만두지 않겠음.

이번에도 아이들 워치는 먹통이 됐다. 교장샘의 스마트폰과 워치도 터지지 않았다. 공포와 두려움에 사로잡힌 공기를 뚫고 모니터와 스피커가 스르륵 켜졌다. 교실 앞 칠판에 부착해 둔 모니터에 하얀색 벽면이 보이더니 곧이어 세은의 얼굴이 일부 보였다. 세은은 콧노래를 흥얼거리다가 물을 마셨다. 잠시 후 반려견이 세은의 몸으로 뛰어올라 코를 부비는 모습이 이어졌다. 워치에 달린 카메라가 찍은 각도였다.

"저게 대체……."

예림이 말을 얼버무렸다. 거울 앞에 선 세은이 옷을 갈아입으려고 하는 순간 화면이 멈추었다. 더 보여 줄 수 있지만 일단 여기까지 하겠다는 듯. 도를 넘어선, 노골적인 협박이었다. 세은이 자기 시스템에 접근하자 찰리는 세은의 워치를 해킹해 원격으로 장악한 거다.

커다란 모니터를 가득 채우고 있는 자기 모습을 노려보던 세은은 다시 노트북 화면으로 들어갔다. 나는 세은의 곁으로 다가갔다. 뭐라도 도움이 되고 싶었지만 그럴 수가 없었다. 나는 무기력했고 무능력한 반장이었다.

"아이들 워치에 남은 데이터를 모아 줘."

세은이 여전히 노트북 화면을 주시한 채 말했다. 일단 내 워치의 남은 데이터부터 공유했다. 그리고 아이들 사이로 뛰어들어 부지런히 데이터를 모았다.

"이게 도움이 될까?"

한 아이가 말했고 예림이 잽싸게 대꾸했다.

"그럼."

"지금 찰리가 모든 통신망을 장악한 거 아냐?"

"세은이 노트북은 아니야. 해커들만 쓰는 위성이 따로 있거든. 근데 지금 노트북 데이터 용량이 딸리는 것 같아."

데이터가 얼마 남지 않아 줄 수 없다고 고집을 피우는 아이가 있으면 차분하게 설득했다. 워치의 설정 탭에 들어가 데이터 전송 표시를 터치했다. 주어진 미션에 따라 행동하기로 마음먹고 몸을 움직이니 더는 내가 무기력한 사람으로 느껴지지 않았다. 마지막으로 남은 아이의 워치 데이터까지 싹 긁어모아 세은의 노트북으로 전송했다.

노트북 화면 위로 노란색 알파벳과 숫자들이 물결처럼 출렁였다. 저 많은 글자들이 컴퓨터 명령어겠지. 프로그래밍도 잘 모르는 내게 해킹은 머나먼 다른 세상 이야기였다. 지금 세은이 하고 있는 작업이 어떤 건지 짐작조차 되지 않았다.

나는 마른침을 삼키며 세은의 눈치를 살폈다.

"충분할까?"

"아니, 부족해."

세은이 단호하게 말했다. 어쩌지. 더는 해 볼 수 있는 게 없는데. 손톱으로 눈썹을 긁적이는데 석범과 눈이 딱 마주쳤다. 빛을 받아 반짝이는 뿔테 안경을 보자마자 번뜩 하나의 아이디어가 튀어 올랐다.

내 눈길은 T샘에게 꽂혔다. 이 교실 안에서 가장 많은 데이터를 처리하는 존재. 엄청난 데이터를 실시간으로 받을 수 있는 존재. 철저한 보안 시스템 때문에 잘리가 함부로 장악하지 못하는 존재. 나는 T샘에게 다가갔고 정중히 부탁했다. 하지만 T샘은 손사래를 쳤다. 그 동작이 몹시 자연스러워 잠깐이지만 T샘이 진짜 사람처럼 보였다.

"안 됩니다. 데이터를 옮길 때 배터리가 급속히 소모돼 전원이 꺼질 수도 있습니다."

"나중에 다시 켜면 되잖아요."

"예기치 않은 방식으로 전원이 꺼지면 메모리 칩에 오류가 일어나 모든 작업 기억을 잃게 됩니다."

"급해! 몇 분 더 버텨야 해!"

세은이 소리쳤고 나는 교장샘을 바라보았다. 의미심장한 눈길로 T샘을 보던 교장샘은 주머니에서 리모컨을 꺼냈다. 세은의 다급한 목소리가 교실에 울려 퍼졌고 예림이 발을 동동 구르며 머리를 쥐어뜯었고 T샘은 고개를 절레절레 저었고 내 몸은 나도 모르는 사이 T샘에게 달려들었고 교장샘은 리모컨 버튼을 꾹 눌렀다.

교장샘이 누른 전원 버튼 때문에 T샘은 고개를 저어 대던 동작 그대로 정지되었다. 나는 T샘에게 다가가 손목 부위의 버튼을 눌렀다. 피부로 보이는 겉면이 자동으로 열리며 시스템을 조정하는 내부 장치들이 보였다. 화면을 클릭해 블루투스 모드를 선택했다. 그렇게 T샘이 보유하고 있던 데이터를 세은의 노트북으로 보냈다. 세은은 미간을 일그러뜨리며 인공 지능 찰리와 한판 승부를 이어 나갔다. 무섭게 느껴질 정도의 집중력이었다. 몇 분 후, 교실 스피커를 울리는 목소리와 함께 교실 문이 스르륵 열렸다.

-제어 시스템 해지

"휴."

깊은 한숨과 함께 세은은 그제야 고개를 들어 올렸다. 아이들은 탄성을 내질렀고 교장샘은 얼굴에 흐르는 땀을 손수건으로 닦으며 아이들을 한 명씩 교실에서 탈출시켰다.

"이제야 내 말을 알아듣네."

반 아이들을 안전하게 대피시킨 뒤 교실을 마지막으로 빠져

나왔을 때 석범이 내 어깨에 손을 얹으며 말했다. 나는 어리둥절해 두 눈을 끔벅였다.

"방금 네가 한 게 철학이고 창의적 사고라니까."

"그래?"

내가 뭘 했기에?

"그래! 고정관념대로 생각하지 않고 T샘을 다른 존재로 바라봤잖아."

너무 다급한 순간이었다. 몇 분 더 버텨야 한다는 세은의 말이 심장을 찔렀다. 어떻게든 해결책을 찾고 싶었다. 그러다가 로봇 교사 T샘이 눈에 들어온 것이다. T샘을 교장샘처럼 교사로서 존중해 왔다고 생각했는데 나 역시 다른 아이들처럼 그를 그저 평범한 로봇보다 조금 더 뛰어난 일개 로봇으로 취급했던 걸지도 몰랐다. 뒤늦은 반성이 밀려왔다.

"그렇긴 한데, T샘한테 좀 미안하네."

"왜? 작업 기억을 모두 잃어서? 걱정하들 말아. 홍세은이 고쳐 줄 거야."

그렇게 말하며 석범은 안경을 빼서 교복에 슥슥 닦았다.

"근데 넌 홍세은에 대해 모르는 게 없더라? 너 혹시 반했냐?"

"누가? 내가?"

석범의 얼굴이 시뻘게졌고 나는 홍얼홍얼 웃음을 흘렸다. 아무래도 좋아하는 거 맞는 것 같은데. 아님 왜 이 타이밍에 얼굴이 저렇게 뻘게져. 이런 것이야말로 석범이 내게 강조한 논리적이고도 창의적인 사고 아닌가!

"예림이 말대로 준상이가 이 사실을 알면 화 많이 내겠지?"

내 질문에 석범은 금세 차분해진 얼굴로 돌아갔다.

"홍세은이 사과하겠지. 정식으로."

그럴까? 문득 궁금한 것들이 마구 떠올랐다. 블랙 해커는 찰리에 접근해 빼낸 학생들의 개인 정보로 무엇을 하려고 한 걸까? 그걸 어디에 팔아먹은 걸까? 세은의 머리카락은 왜 붉은 걸까? 준상은 왜 양자 역학이 좋은 걸까? 교장샘은 어떤 음식을 좋아하길래 배가 저렇게 나온 걸까? 교장샘도 엄마처럼 미역국을 먹지 못해 아쉬울까? 쓸모없기에 쓸모 있는 것이 정말 세상에 있을까? 왜 똑같이 천재적인데 누구는 블랙 해커가, 누구는 화이트 해커가 되는 걸까?

우리는 모두 조퇴 절차를 밟았다. 점심 급식 대신에 엄마가 끓여 주는 김치찌개를 먹을 생각에 기분이 살짝 좋아졌다. 교장샘은 학교 상황을 정리한 뒤에 교육부 관계자들을 만나기로 했단다. 모든 것을 원격으로 조정하는 인공 지능 시스템 찰리를 완전히 셧다운 하는 방향보다는 당분간 학교의 시스템을 관리하는 전문가를 따로 두며 찰리를 감시하지 않을까 싶다. 더 큰 문제는 학생들의 위치가 언제든 해킹될 수 있다는 사실이다. 위치와 스마트폰과 인공 지능 없이 하루도 살아갈 수 없는 게 우리들의 현실이니까.

인공 지능 찰리의 감시 체계 강화 안건과 더불어 학교 시스템에 접근한 블랙 해커와 세은에 대한 이야기도 나누겠지. 세은이 어떤 처분을 받을지 좀 걱정이 됐지만 일단 잠깐 뒤로 미루자. 엄청난 피곤함이 몰려들었으니까. 얼른 집으로 가 씻고 김치찌개를 먹은 뒤 침대에 눕고 싶다.

작가 노트

앞으로의 학교는 어떤 모습일까. 교육부가 디지털 인공 지능 교과서 도입을 준비하고 있다는 소식을 들었다. 사소한 것을 메모할 때에도 종이와 펜을 사용하는 나로서는 종이 교과서를 사용하지 못하는 상황을 상상하는 일이 쉽지 않다. 세상의 변화에 잘 적응해 디지털을 잘 이용할 줄 아는 능력도 중요하지만 나 같은 아날로그 인간이 가진 장점도 하나쯤은 있지 않을까. 학교가 어떤 모습으로 변화하든 소중한 것들의 가치를 놓치지 않았으면 좋겠다.

냉동 이모 고은비

하유지

하유지

산과 고양이, 탄수화물과 각종 형태의 이야기를 좋아한다. 재미있고 의미 있는 소설을 쓰고 싶다.

지은 책으로 《눈 깜짝할 사이 서른셋》《독고의 꼬리》《3모둠의 용의자들》《너의 우주는 곧 나의 우주》《우정 시뮬레이션을 시작하시겠습니까?》《내 이름은 오랑》등이 있고, 함께 지은 책으로 《새벽의 방문자들》《숨은 초능력 찾기》《나를 초월한 기분》등이 있다.

1

"천천히 눈을 뜨세요, 천천히."

은비 귓가에 누군가의 목소리가 들려왔다.

눈을 어떻게 천천히 뜨라는 거지? 살짝 뜰 수는 있어도 천천
히는 어렵지 않나, 생각하며 실눈을 뜬다. 벽은 하얗고 바닥과
천장은 까만 방이다. 너무 하얘서 파르스름한 기운이 도는 가운
을 입은 사람이 침대를 내려다보고 있다.

"잘하셨습니다. 이름이 뭐죠? 기억납니까?"

자기 이름을 기억 못 하는 사람이 있…네? 내 이름이 뭐지?
나 누구더라? 그러다가 어느 순간, 다행히도 이름이 기억났다.

"은비예요, 고은비!"

"정답입니다. 여기는 어디일까요?"

"모르겠는데요?"

"아니까 잘 생각해 보세요."

"모르겠다니까요? 여기가 어딘데요?"

가운을 입은 사람이 옆으로 비켜서자, 벽면에 새겨진 글자가 보였다. 코스모스 그룹.

은비는 잘 떴다고 칭찬받은 눈을 끔뻑거리며 코스모스 그룹이 뭐 하는 곳일까 궁리했다. 얼음덩어리나 빙산과 같은 이미지가 떠오르고는 끝이었다. 여기 뭐, 얼음 공장이라도 되나? 그러고 보니 좀 춥다. 팔뚝에 오스스 소름이 돋았다.

"코스모스 그룹의 냉동 수면 센터입니다. 고은비 님은 방금 전, 냉동 수면에서 깨어나셨습니다."

냉동 수면이라면, 몸을 꽝꽝 얼려서 생명 활동을 멈추게 하는 거잖아? 얼음 공장이라고 해도 틀린 말은 아니네, 끼워 맞추면서 뿌듯해할 때가 아니었다. 냉동 수면은 둘째 치고 그냥 수면에 빠진 기억조차 없는 은비는 혼란스러워졌다.

"나이를 말해 보세요. 몇 살이죠?"

"음, 열다섯 살…쯤?"

이 부분이 이름보다 더 자신이 없고 어쩐지 꺼림칙했다.

"반만 정답입니다."

그럼 그렇지.

"냉동된 상태였으니 신체 나이는 여전히 열다섯 살이지만, 사회 나이는 마흔다섯 살입니다. 잠들어 계신 사이 삼십 년이 흘렀으니까요."

잠자는 숲속의 중학생도 아니고 삼십 년 동안이나 냉동돼 있었다고? 냉동실에 넣어 두고 잊어버린 아이스크림처럼? 쿠폰으로 주문했더니 토핑이 영 부실하게 와서 아이스크림 옆에 처박힌 불고기피자처럼? 이게 무슨 몰래카메라도 아니고, 콧방귀를 뀌려던 은비는 문득 이 모든 상황이 실제임을 깨달았다. 입이 쩍 벌어지더니 거친 숨이 터져 나온다.

"진정하고 들어 보세요. 고은비 님을 괴롭히던 심장병이 이제 곧 완치될 예정입니다. 주사 한 번으로 치료하는 신약이 개발됐거든요."

아, 기억난다. 그놈의 심장병!

어린 시절에 발병하여 은비를 오래도록 따라다닌 심장병은 날이 갈수록 심해지기만 했다. 열다섯 살이 되던 해, 수술도 실패하고 생명까지 위협받는 지경에 이르자 부모님은 먼 훗날 치료법이 개발되기를 기대하며 냉동 수면 이야기를 어렵사리 꺼냈다. 그래 좋아, 하지 뭐, 하고 최종 결정을 내린 사람은 은비였다. 어차피 방법이 그것뿐이었다. 온 가족과 함께 냉동 수면 센터로 와서 마지막 인사를 나누고 냉동 캡슐에 들어가던 날이 생각난다. 어느 맑고 밝은 가을날이었다.

"시중에 풀리려면 몇 년은 있어야 하는 약이지만, 계약 조항에 따라 임상 시험 대상자가 된 고은비 님에게 먼저 주사했습니다. 앞으로 치료 효과와 부작용 유무를 점검하기 위해 정기적으로 검진을 받아야 합니다."

"우리 엄마는요? 엄마 어디 있어요?"

겉으로 보나 속으로 보나 열다섯 살인 은비가 울먹거리며 말했다. 몸뿐만 아니라 마음까지도 얼어붙었다가 깨어난 참이었다. 아픈 딸을 돌보느라 밤낮으로 고생하던 엄마와 얼싸안고서 기쁨을 나누고 싶었다. 설마 올까 싶던 그 멀고 먼 훗날이 정말로 왔다. 주사 한 번에 완치라니! '예정'이라는 조건이 붙기는 했지만 이쯤이면 다 된 일이나 마찬가지 아닐까.

"안 그래도 보호자가 오고 있으니 잠시만 기다리시죠."

2

"그러니까 냉동 이모가 오늘 아침에 갑자기 해동이 됐단 얘기잖아?"

예나가 두 손으로 운전대를 잡은 채 고개를 돌려 엄마를 보며 말했다. 도로 교통법에 따라, 열다섯 살이 된 몇 달 전부터 운전석에 앉을 수 있게 되었다. 자율 주행이라 해도 운전대는 꼭 잡고 있어야 했다. 자율 주행 시스템이 해킹되는 사고가 몇 번 일어나고부터 생긴 법 조항 때문이었다.

"해동이 아니라 수면 해제! 냉동식품도 아니고 해동이 뭐니?"

헝클어진 머리에 셔츠는 단추를 잘못 잠갔고 표정마저 얼이 빠져 있던 엄마, 슬비가 눈살을 찌푸리며 대답했다. 두 시간 전, 슬비는 은비의 냉동 수면이 해제되었다는 연락을 받고 늦잠에서 깨어났다. 월수금 출근인데 오늘은 화요일이다. 남편은 해외 출장 중이어서 학교로 찾아가 예나를 조퇴시킨 다음, 냉동 수면 센터의 급속 회복실로 향하는 길이다. 달리는 것은 차인데도 마치 두 다리로 뛰는 듯 숨이 가빠 왔다. 냉동 수면 말고는 목숨을 부지할 방법이 없던 언니 은비가 삼십 년 만에 깨어난 역사적인 날이었다.

"이제부터 은비 언니, 우리 집에서 지낼 거야."

"그러든가."

"예나 너랑 같은 방 쓸 거고."

"아, 왜! 방 하나 남는 거 있잖아!"

"삼십 년 동안 1인 냉동 캡슐에 들어가 있었는데 또 혼자 방을 쓰게 하라고?"

"엄마가 같은 방 써!"

"그러다 아빠 병난다."

엄마와 아빠는 딸인 예나가 보기에도 하이고 뭐 저렇게까지, 싶을 정도로 사이가 좋아서 깨로도 부족하고 꿀 바른 땅콩에 단팥에 초콜릿에, 온갖 고소하고 달콤한 기운이 집 안에 자욱했다. 일주일짜리 출장으로 바다 건너 외국에서 분리 불안증을 겪고 있을 아빠에게 돌아오자마자 각방을 쓰라고 하면 그 결과는 우울증이겠지. 예나는 분한 마음에 한쪽 발로 가속 페달을 밟았지만, 자율 주행 시스템은 흥분 상태인 예나의 심박수가 증가했음을 감지하고는 기존 속도를 고수했다.

"다음 주부터는 학교도 나가야 되는데 너랑 같은 반으로 배정해 달라고 아까 선생님한테 말씀드렸어. 올해 몇 달 안 남았으니까 이모 신경 좀 써 줘, 부탁할게. 방은 한 달쯤 있다가 적응되면 따로 쓰라고 할 테니까."

"같은 방에 같은 반까지 하라고? 진짜 뭐야! 엄마 언니를 왜 나한테 떠넘겨?"

"언니 낳아 달라고 노래를 부를 땐 언제고 이제 와서 딴소리네."

"그게 대체 언제 적 얘기야! 나 요만할 때였거든? 그리고 언니가 아니라 이모잖아."

조그마한 키를 표현하려고 오른손으로 허공을 휘젓자 '운전대에서 손을 떼지 마십시오!'라는 경고 메시지가 전면 유리창에 떴다. 예나는 운전대를 신경질적으로 부여잡으며 콧김을 뿜었다. 그래, 동생도 아니고 무려 언니를 낳아 달라고 부모님을 조르던 철없는 시절이 있었다.

"언니 같은 이모라고 생각하면 되지."

"마흔다섯 살이라면서 언니는 무슨 언니. 엄마보다도 나이가 많은데."

"사회 나이가 그렇다는 거지, 신체 나이로 따지면 너랑 동갑이야."

이모랬다가 언니랬다가 동갑이랬다가, 도대체 고은비 그분은 정체가 뭐냔 말이다. 예나는 콧김에 한숨을 섞으며 아랫입술을 삐죽 내밀었다. 엄마가 이렇게 고집을 부릴 때면 말이 안 통해서 아무 말도 하고 싶지 않았다. '우리 집에도 냉동 수면 중인 사람이 있지.' 하고 전설처럼 전해져 내려오던, 기껏해야 사진으로나 보던 이모가 길고 깊고 차가운 잠에서 깨어났다. 여기까지는 주변에서도 가끔 듣는 이야기라 특이한 구석이 없었다. 그러나! 같은 방으로도 모자라 같은 반이라면 거기부터는 이야기 장르가 날벼락으로 바뀐다. 내가 무슨 보모도 아니고 다 큰, 아니,

크다 만 이모를 집에서도 모자라 학교에서까지 챙기라고? 날벼락도 이런 날벼락이 없었다. 예나는 짜증을 가득 담은 곁눈질로 엄마를 노려봤다.

한 시간을 달린 끝에 냉동 수면 센터에 도착하자, 직원이 나와 두 사람을 급속 회복실로 안내했다. 도토리를 저장한 다람쥐처럼 양쪽 볼을 심통으로 채운 예나도 회복실 문이 열리는 찰나에는 긴장했다. 침대에 누워 있다가 몸을 일으키는 이모와 눈이 마주친다. 약간은 낭만적으로 두근거리던 심장이 날벼락을 맞은 듯 펄쩍 뛰었다. 당연한 얘기지만, 사진과 똑같았다. 삼십 년 전 사진에서 단 하루도 나이를 먹지 않은 데다가 오히려 자신보다 한두 살은 어려 보이는 앳된 얼굴에 예나는 머리카락이 쭈뼛거렸다.

"어, 엄마!"

은비가 슬비를 보더니 외쳤다. 침대에서 내려오려는데 간호사가 말린다. 급속 회복실에서 근육량이 정상치까지 급속으로 회복되었다 해도, 급작스러운 움직임은 금물이었다. 슬비가 흐느끼면서 어린 언니에게 달려갔다.

"언니, 엄마 아빠는 한참 전에 돌아가셨어. 난 언니 동생 슬비야. 내가 엄마를 빼닮았잖아."

은비가 맞아 그렇지, 삼십 년이 지났지, 하는 표정을 짓더니 중년이 된 동생 품에 얼굴을 묻고 울음을 터뜨렸다. 얼싸안고 우는 자매를 보며 예나도 울까 말까 간질거리는 기분이 되려 했다. 그러나 동갑인 듯 아닌 듯 전직 냉동 인간인 이모와 같은 방에 같은 반이라는 처지를 떠올리자, 눈물이 마르다 못해 얼어 버렸다.

3

"아직도 학교에 직접 가야 되는 거야? 지금쯤이면 재택 교육이나 가상 현실이나 그런 걸로 대체됐을 줄 알았는데."

은비가 가방을 메고 걸어가며 말했다. 가방에는 슬비가 마련해 준 휴대용 에어컨고와 비염에 좋다는 작두콩차를 담은 텀블러가 들어 있었다. 심장병 완치 직전이라지만 비염은 그대로여서, 오늘 아침만 해도 우렁찬 재채기와 맑디맑은 콧물로 하루를 시작했다. 작두콩차는 두 자매의 어머니가 생전에 즐겨 사용하던 민간요법으로, 슬비는 그렇게나마 언니에게 돌아가신 엄마의 정을 느끼게 해 주고 싶었다.

"재택 교육도 받고 가상 현실에서 체험 학습도 해…요. 그래도 일주일에 두 번은 등교해서 수업을 받아야 하고…요."

예나는 신체 나이로 따지면 중학생인 데다가 교복까지 입어서 엄마의 언니라기보다는 딸처럼 보이는 이모에게 존댓말을 하려니 어쩐지 자존심과 상식이 허락하지 않아서 말끝을 늘이게 되었다.

"가상 현실만으로는 안 되는 게 있나 봐? 근데 예나 너, 반말이야, 존댓말이야. 하나로 정해."

"그냥 존댓말로 할게요. 암튼 가상 현실로 웬만한 건 다 돼요. 학교에 잎혀 놔야 어른늘이 편하니까 오라 가라 하는 거지."

"하긴, 슬비 걔도 일주일에 사흘은 회사에 가야 돼서 귀찮다고 투덜거리더라. 디지털 뇌를 만드는 연구까지 하는 세상에서 출근이 웬 말이냐면서. 그거 알아? 나 때는 일주일에 다섯 번이나 학교에 갔어."

예나는 중학생 이모가 중년의 엄마를 '슬비 걔'라고 부르는 것을 들으니, 신선하면서도 짜릿했다. 요즘 들어 엄마와 사이가 좋지 않았다. 상해서 기름이 뜬 마요네즈처럼 서로 겉돌거나 가정 교육을 잘못 받은 앵무새처럼 날 선 말을 반복하며 대치하기 일쑤였다. 엄마와 집에서 마주치는 날을 줄이려고 등교일도 엄마가 출근하지 않는 화요일과 목요일로 정한 예나였다.

"학교 다니는 거, 싫어요?"

"아니, 좋아."

예상외로 명쾌한 대답에 예나는 멈칫했다. 학교 다니는 게 좋다고? 다시 태어나도 상대방과 또 결혼하겠다는 엄마와 아빠의 호언장담만큼이나 당황스러웠다. 이모는 새로이 맞이한 세상에서 생의 환희나 경이, 뭐 그런 뜬구름같이 붕 뜬 감정을 느끼는 모양이었다.

"난 아파서 학교를 제대로 못 다녔거든. 학교 가는 날보다 집에서 앓거나 병실에 누워 있는 날이 더 많았어."

그런 이유라면 인정해 드리는 수밖에. 가지 않은 길에도 미련이 남는데 가지 못한 길이라면 더더욱 아쉽겠지. 고난과 역경이라는 분야에서 보자면 난치병을 이기지 못해 인생을 냉동해 버린 은비 이모에게 예나는 비할 바가 아니었다.

"넌 어떤데? 학교 다니는 거 말이야."

"어떻고 말고 할 게 있나, 뭐. 다녀야 하니까 다니는 거지."

"말투가 또 좀 그렇다?"

아 참, 존댓말 하기로 했지. 뜨끔한 예나는 입술을 오므렸다. 눈뜨고 제정신으로 살아온 날로 계산하면 갓 깨어난 이모보다 78일 선배인데 반말 좀 하면 어떤가 싶으면서도.

"야, 농담이야, 농담. 너랑 나랑 같은 반인데 존댓말은 징그럽지. 편하게 해, 편하게."

"그럼 그럴까? 은비야, 너도 편하게 지내. 적응하려면 시간은 걸리겠지만."

"은비야? 너? 그건 좀 아니지 않냐? 우리가 아메리칸도 아니고 단군의 후손인데, 이래 봬도 내가 이모잖아."

정색하고 항의하는 은비를 보다가 예나는 웃음보가 터졌다. 뭐가 그리 우스운지 배를 잡고 웃느라 걸을 기운이 없어서 길가 벤치에 앉는다.

"왜? 뭔데? 왜 웃는데?"

영문을 모르면서도 은비는 예나 옆에 앉아 실실 웃었다.

"이모 진짜 어딘가 좀 옛날 사람 같아. 말하는 거나 표현이나 그런 게."

가까스로 진정한 예나는 눈에 맺힌 눈물을 손가락으로 닦아 냈다.

"난 또 뭐라고. 따지고 보면 나 옛날 사람 맞잖아. 너무 요즘 애들인 척하지 말고 나도 그냥 편하게 해야겠다. 편하게 살려면 이거부터 배워야겠지? 사용법 좀 알려 줘."

은비는 가방에서 에핑고를 꺼내며 말했다.

"쉬워. 간단해. 계정부터 설정하면 되는데 내가 해 줄게."

예나는 이모의 에핑고를 켜서 허공에 홀로그램을 띄웠다. 그러자 은비가 벌써부터 알 것 같다는 표정을 지었다.

"스마트폰이랑 비슷한 거 같은데?"

"스마트폰?"

"응. 나 때는 전화도 하고 인터넷도 하는 조그마한… 음, 이것 보단 훨씬 컸는데. 암튼 그런 똑똑한 기계가 있었어."

스마트폰과 물아일체로 지내던 시절이 있어서인지, 은비는 에핑고 사용법을 단숨에 익혔다. 홀로그램 화면을 이것저것 만져 보고 여기저기 둘러보는 은비에게, 정확히 말하자면 옆통수나 어깨쯤에 대고 예나가 혼잣말처럼 중얼거렸다.

"사실 난 학교 가는 거 싫어. 집에서 에핑고나 가상 현실 체험으로 공부하는 게 편해."

"학교가 왜 싫은데?"

은비는 홀로그램 화면에서 눈을 떼지 않고 물었다. 아무렇지 않은 듯 굴어야 예나가 부담 없이 마음을 털어놓을 것 같아서였다. 삼십 년이란 냉동 이력을 견뎌 내고 무사히 해동된 K-장녀의 배려심이었다.

"모든 게 너무 빨라서 따라가기 힘들어. 맨날 주눅 든 기분이라 애들하고 잘 지내지도 못하겠고."

그러자 에핑고를 탐험하던 은비가 홀로그램 화면에 뮤직비디오를 불러왔다. 21세기 초반에 유행했을 법한 옷차림과 머리를 한 남자가 가벼운 춤을 추면서 잔잔한 노래를 부른다. 은비는 두 손을 가슴에 겹쳐 올린 채 더없이 뿌듯해하는 표정으로 가수를 바라봤다. 색색의 홀로그램 화면이 리듬에 따라 출렁인다.

"용후 알아? 아이돌 그룹 스몰윈드에서 막내 멤버야."

용후? 그런 사람 모르겠는데, 하고 고개를 저으면서도 예나는 이 흘러간 아이돌과 비슷한 얼굴이 머릿속에서 떠오를락 말락 했다.

"이제는 활동 안 하나 보네. 하긴 용후도 쉰 살 가까이 됐을 테니까."

"이 아서씨가 이모 최애야?"

"최애? 그 표현 아직도 남아 있나 봐?"

"엄마가 가끔 쓰는 말이라서."

"근데 너, 우리 용후한테 아저씨가 뭐냐?"

"그럼 아저씨지 오빠야? 이제 쉰 살은 됐을 거라며."

"내 마음속에선 영원히 이 모습 그대로거든? 그리고 나이 먹는 게 뭐 어때서. 우리 용후가 아저씨 됐어도 난 상관없어."

"현실은 아저씨라도 마음속에선 오빠로 간직하겠다? 결국 젊고 쌩쌩한 쪽이 더 좋다는 거잖아."

"됐다, 됐어. 말을 말자. 내 맘을 네가 어떻게 알겠니."

"와, 소름. 방금 그 대사랑 연기, 우리 엄마랑 똑같았어!"

예나가 몸서리치더니 엄마 슬비를 흉내 낸 표정을 지어 보였다. 은비가 키득거릴 정도로 꽤 그럴듯한 흉내였다.

"용후도 학교 다니는 거 귀찮았는데 아이돌 연습생 되고 나서 학교에 잘 못 가니까 그 시절이 그리워지더래. 화장실 막힌 변기는 뚫었을까, 1교시부터 침 흘리면서 자던 짝은 여전할까, 시시콜콜 궁금해지고."

"변기? 침? 윽, 더러워."

"우리 용후가 워낙 솔직하고 소탈해. 암튼 조카야, 너무 열심히 하려고 애쓰지 말고 너도 나랑 같이 편하게 지내는 거 어때? 대충 대강, 아무렇게나 설렁설렁, 그런 식으로 말이야. 옛날엔 학교에 잘 못 가니까 갔을 때라도 잘하려고 엄청 노력했는데, 지금 생각해 보면 대강 대충 헐렁하게 살아 볼 걸 그랬다 싶어."

"알았어요, 알았어. 이젠 이모까지 잔소리야."

예나는 출근하는 날의 엄마처럼 툴툴거리면서도 이모 말을 흘려듣지 않고 마음 한구석에 무심히 툭, 올려 두었다.

학교에 도착해서 교실로 들어서자, 모여서 웃고 떠들던 아이들이 조용해졌다. 예나가 냉동 수면에서 깨어난 이모를 데리고 등교한다는 소문이 전교에 파다했다. 느긋하게 굴려고 애쓰지 않아서 오히려 긴장한 기색이 역력한 은비가 교실을 둘러보다가, 창가 쪽으로 시선을 고정했다.

"요, 용후 오빠?"

은비 입에서 비명처럼 터져 나온 말이었다.

"용후… 오빠? 우리 아빠를 알아?"

찬우가 자리에서 일어나며 말했다.

그제야 예나는 이모의 최애, 용후와 비슷하게 생긴 사람이 누구인지 깨달았다. 바로 같은 반 심찬우였다.

4

"좀 있으면 학교에서 캠핑 가잖아. 그날 학부모 초청 강연에 우리 아빠 올 거래. 원래는 쑥스러워서 안 한다고 했는데, 꼭 해야 된다고 내가 막 우겼어. 우리 반에 아빠 팬 있다고, 사인 받고 싶어 할 거라고."

점심시간, 찬우가 은비 옆자리에 앉더니 말했다.

그 말에 은비는 자기도 모르게 엉덩이를 들썩하며 끄악, 탄성을 내뱉고 말았다. 박자를 맞추듯 콧구멍에서 흘러내리는 맑은 콧물 한 줄기를 손등으로 문질러 닦는다. 완벽한 비염 치료제는 언제쯤 개발될까. 용후 앞에서 콧물이나 흘리는 모습을 상상하자니 수치스럽기 그지없었다.

"우리 아빠 사인, 있어?"

"있었는데 없어졌어. 부모님이 내 방 물건을 정리해서 어디다 돈 내고 맡겼다는데, 거기 불이 나는 바람에 몽땅 타 버렸대."

"파란만장하네. 우리 아빠를 직접 본 적은 있고?"

"있지, 옛날에."

스몰윈드가 음악 방송에 나오거나 팬 사인회를 열 때면 한 번도 빠짐없이 달려가고 싶은 마음이야 굴뚝같았지만 괴팍하고 까다로운 심장이 문제여서, 어느 대학교 축제에서 공연할 때 찾아가서 딱 한 번 사인을 받았다. 냉동 수면 예약일을 일주일 앞두었을 때였다. 이번이 처음이자 마지막일지도 모르겠구나, 생각하며 용후 얼굴을 물끄러미 바라보던 순간의 슬픔과 설렘이 파도처럼 기억을 적시고 지나간다. 강연 날에는 졸음과 입 마름이란 부작용을 감수하고서라도 꼭 비염약을 먹어 놔야겠다.

"내가 아빠한테 은비 너, 특별히 말해 놨어. 사인 멋지게 해 주라고."

젖은 귀지처럼 고막에 달라붙는 '은비 너'란 말은 넘어가기로 한다. 예나 말고 다른 애들한테까지 예의범절을 요구하기는 애매했다. 반 애들이 다 조카는 아니니까.

"그러니까 뭐라… 그러셔?"

마음속으로는 친구처럼 오빠처럼 대하던 용후에게 존댓말을 쓰려니 어색하지만, 듣는 아들 기분을 고려해서 예의 바르게 굴어 본다. 삼십 년 만에 돌아온 학교에서 용후 아들과 만나게 될 줄이야. 정말 인생 오래 살고 볼 일이다.

"별말 없었지만 아마 속으로는 좋아했을걸? 우리 아빠가 원래 감정 표현을 잘 안 해. 사람들 앞에 나서는 거 부담스러워서 은퇴했다고 하니 말 다 했지, 뭐."

"은퇴해서 진짜 너무 아쉬워. 계속 활동했으면 좋았을 텐데."

"아무리 우리 아빠래도 그건 아니지. 한창때도 별로 인기 없었다던데 아저씨들 우글대는 그룹을 누가 좋아하냐."

"내가 좋아하거든?"

"나는? 이렇게 신성 써 주는데 나한텐 관심 없어?"

"며칠 잠잠하다 싶었는데 또 시작이야?"

은비는 몸을 뒤로 빼며 경계 태세를 취했다.

"말했잖아, 아무리 생각해 봐도 넌 내 운명이라고. 이렇게 같은 반에서 만난 것만 봐도 그래."

"하긴 너희 아빠가 용후 오빠라는 게 운명이라면 운명이지."

"아빠 얘긴 그만하고 내 얘기 좀 해 봐. 나 어때?"

"응, 느끼해."

은비는 오늘도 여지를 남기지 않고 단칼에 잘라 버리는 냉철하고 깔끔한 매너를 발휘했다. 찬우가 볼을 부풀렸다가 푸우, 바람을 빼며 실망한 척한다. 유치한 연출에 형편없는 연기라고 공정한 평가를 내리면서도, 은비는 찬우가 싫지 않았다. '좋음'과 '싫지 않음'은 엄연히 다른 감정이었다. 찬우는 강아지처럼 치대고 엉겨 붙어서 성가시기는 해도 본성을 따지자면 착한 애였다. 아빠를 닮아서 그런 듯싶었다.

갓 태어난 강아지처럼 감수성이 여리고 섬세해서 정글 같은 연예계 생활을 감당하기 힘들었을 용후. 좋은 사람 만나 아들 낳고 잘 산다니 다행이란 생각이 들면서도, 은비는 심장 한구석에 쿡 찌르는 통증을 느꼈다. 한 달 전에 치료 주사를 맞지 않았다면 또 증상 시작인가 싶었을 것이다. 우리 용후, 나에게 오기를 기대한 적은 없다지만 다른 여자에게 영영 가 버리다니! 은비에게 삼십 년이란 하룻밤에 하루아침이었으나 냉동 캡슐 바깥의 세상에서는 긴 세월이었다.

"그러지 말고 진지하게 생각해 보면 안 돼? 난 널 보자마자 아아 너로구나, 깨달았다니까."

"나도 용후 오빠 처음 봤을 때 정확히 그런 감정을 느꼈어. 그래, 저 사람이구나!"

"너, 나도 단번에 알아봤잖아. 내가 누구 아들인지 알아본 사람은 네가 처음이야."

"내 사랑은 용후뿐이야."

"용후는 은퇴했다니까! 이제 가상 현실 디자이너 심용후, 찬우 아빠 심용후 씨뿐이라고."

"진정한 팬심은 은퇴하지 않는 법이야. 이 마음 이대로 살게 놔둬."

"강연까지 섭외해 놨는데 이러기야?"

"강연은 고마워. 열심히 들을게. 사인도 꼭 받고."

"내 말은 안 들어 줘? 내 마음은 안 받아 줘?"

"래퍼니? 운율 맞추지 마. 바로 그런 게 느끼하다고. 넌 내 스타일 아니야."

"최애를 똑 닮은 아들이 어떻게 네 스타일이 아닐 수가 있어?"

"너는 너고 용후는 용우니까. 그리고 넌 너무 심하게 연하라서 부담스러워."

"연하는 무슨, 신체 나이는 동갑이잖아."

"과연 정신 연령도 동갑일까?"

"좋아. 연상이라 치고, 우리 집 유전자는 연상한테 끌리니까 괜찮아. 우리 엄마도 아빠보다 연상이거든."

"그래? 그건 몰랐네. 아빠랑 어쩌다가 만나셨는데?"

자기도 모르게 콧구멍을 벌름거리며 묻는 은비. 호기심 왕창에 질투심을 살짝 흩뿌려서.

"아빠 메이크업해 주다가. 엄마는 아직도 그 일 하는데 업계에서 꽤 유명해. 사실상 우리 집 가장이지."

"아, 그러시구나. 그래도 아빠보다 서른 살 연상은 아니잖아?"

"넌 동안이라 괜찮아. 예나 이모가 아니라 동생처럼 보여."

"예나가 그러는데 나 옛날 사람 같대. 근데 그게 진짜 그래.

수업도 잘 못 따라가고 헤매잖아. 세상이 어떻게 변했는지 다 파악도 못 했고, 유행어도 모르고. 너랑 나랑 세대 차이 장난 아닐걸."

점심시간이 오 분 남았다는 예비 종이 울렸다. 교실로 돌아온 은비 짝에게 자리를 내주고 자기 자리로 돌아간 찬우가 에핑고로 메시지를 보내왔다. '우리 아빠가 디자인한 거야.'라는 설명이 붙은 링크를 타고 들어갔더니 홀로그램에 가상 현실이 펼쳐졌다. 주제는 등산 체험. 가랑잎과 마른 나뭇가지가 깔린 흙길을 걷고, 울퉁불퉁한 바위를 오르내리고, 종종거리는 곤줄박이에게 먹이를 주고, 초록 나무로 가득한 풍경을 바라보는 구성이었다. 그래픽 품질과 색감이 정말이지 너무나도 구렸다!

은비는 인중으로 흘러내리는 콧물을 닦듯 황급히 홀로그램 화면을 끄고는 수업 준비를 시작했다. 목소리 감미롭고 리듬감 훌륭하고 춤까지 꽤 추는 우리 용후, 디자인 실력은 엉망이구나. 가수 활동 하면서 모아 둔 돈이 있을 테니 어떻게든 먹고는 살겠지? 아내도 잘 만난 모양이고? 역시 인간이란 완벽하지 않은 존재였다.

수학 시간과 그 뒤에 이어진 생물 시간에도 용후가 디자인한 조잡한 가상 현실이 눈앞에 어른거리는 바람에, 안 그래도 버거운 수업을 더 따라가기 힘들었다. 옛 학창 시절에 학교를 나갔다 말았다 해서 기초 실력이 부족한 데다가, 삼십 년 사이에 수업 방식과 내용이 확연히 달라졌다. 특별 관리 학생으로 지정된 은비에게 선생님은 질문이 없는지, 수업 내용을 잘 이해했는지 물어봤다. 그때마다 은비는 솔직하고 당당하게, 잘 모르겠으니 한 번만 더 설명해 달라고 대답했다. 선생님은 친절하게 설명을 반복했고, 은비뿐만 아니라 빠르게 진행되는 수업을 어려워하는 예나까지 그 덕을 봤다. 예나는 이모가 공부는 좀 못하지만 모르는 건 모른다고 답하는 용기가 있어서 멋져 보였다. 예나라면 선생님이 이해했느냐고 물어봤을 때 모르면 모를수록 더 크게 고개를 끄덕였을 것이다. 남보다 뒤처지고 뒤떨어지는 일은 창피하니까.

집으로 돌아가는 길, 뒤를 돌아본 예나가 은비에게 말했다.

"심찬우가 따라오는데?"

"우리 집이랑 같은 방향이라서 그래."

예나가 흠, 하고 뭔가 심사숙고하는 소리를 내자 은비가 왜, 하는 눈으로 조카를 봤다.

"어쩐지 편드는 느낌인걸? 이모, 쟤 좋아해?"

"내가 쟤를 왜 좋아하냐? 네가 좋아하는 거 아냐?"

바람을 타고 날아왔는지 어느새 두 사람 옆에 당도한 찬우가 귀를 쫑긋거리면서 끼어들었다.

"뭘 좋아해? 나? 드디어 내가 좋아진 거야, 고은비?"

"조용히 가던 길이나 가라, 심찬우."

예나가 무게를 잡으며 딱딱거렸다. 이모를 지킨다기보다는 자기 자신의 기분을 보호하고 싶었다. 눈치가 없는지 없는 척하는지 헷갈리게 하는 단점이 있지만 잘생기고 쾌활한 심찬우. 좋아하는 단계까지는 결단코 다다르지 않았지만, 솔직히 관심은 약간 있었다. 그런데 얘가 사랑의 번개라도 맞은 듯 은비의 이동 경로마다 번쩍이며 등장하고 난리지 뭔가. 예나는 생기지도 않은 정마저 떼야 할 상황이었다. 삼각관계의 세 꼭짓점 중 두 자리를 전직 냉동 인간과 나눠 갖고 싶지는 않았다.

"은비야, 너 옛날에 웹툰 좋아했다고 했지?"

찬우가 예나의 구박에 굴하지 않고 꿋꿋하게 물었다.

"좋아했지. 이젠 가상 현실에서 노느라 웹툰 안 본다면서?"

"이모, 얼른 가자. 냥손이 불고기피자 해 놨단 말이야."

예나가 에핑고에 뜬 '요리 완료!'란 알림을 보여 주며 말했다.

냥손이란 청소, 빨래, 요리 등을 전담하는 집안일 담당 로봇인데 며칠 전 슬비가 2.3버전 베타 테스터에 선정되어 한 달 동안 대여하게 되었다. '냉동되었던 언니가 깨어났어요. 언니가 옛날에 좋아하던 추억의 음식을 냥손이 만들어 줬으면 좋겠습니다.'란 응모 사연이 높은 점수를 받은 것이다. 냥손은 불고기피자, 마늘치킨, 쫄볶이 등 은비가 학창 시절에 즐겨 먹던 복고풍 음식의 전문가였다. 빅 데이터로 끌어모은 방대한 요리법 덕분이었다.

"그럼 나예나, 넌 얼른 가서 피자 먹어. 나랑 은비 방해하지 말고."

"뭐? 이게 진짜……."

예나는 얼굴이 붉으락푸르락했고, 찬우는 그런 예나는 아랑곳하지 않고 은비를 보며 좋알댔다.

"가상 현실에 웹툰 도서관 있거든? 나랑 같이 거기 가서 옛날에 보다 만 웹툰 뭐라고 했지, 〈사랑이냐고 물으신다면〉이었나? 그거 완결 볼래?"

〈사랑이냐고 물으신다면〉 완결? 은비는 예나의 심기를 살피면서도 찬우 말에 구미가 당겼다. 추억 속에 묻힌 웹툰이 비 내리는 날의 용후 목소리처럼 감수성을 자극했다.

"아, 이모! 왜 벌써 눈시울이 촉촉해지고 난리야! 심찬우 얘한테 말리지 말라니까?"

"훼방 놓는 캐릭터까지 등장한 거 보니까 정말 우리 사이는 운명인가 봐, 고은비."

옆에서 예나는 어서 가자고 끌어당기고 찬우는 로맨스 웹툰에 나올 법한 대사를 읊어 대고, 정신이 하나도 없는 데다가 배까지 고팠다. 그래, 피자. 웹툰은 도서관에 잘 있겠지만 피자는 식으면 뻣뻣하고 맛없으니까 일단 피자를 먹으러 가자. 빼 달라고 했는데 딸려 온 느끼한 소스 같은 심찬우부터 정리하고.

"이러지 마, 심찬우. 몇 번을 말해야 알아들을래? 난 네 아빠를 사랑한다고!"

단호하게 말해서 쐐기를 박는다는 것이, 지나치게 큰 목소리로 외치고 말았다. 북적거리는 길거리를 지나가던 사람들이 은비를 힐끔거렸다. 교복을 보니 중학생인데, 앞에 있는 남자애는 친구 같은데, 뭐? 쟤 아빠를 사랑한다고?

다른 사람들 시선에 민감한 예나가 수상한 분위기를 감지하고는 아하하하 과장되게 웃으며 사태를 수습하려 들었다.

"이, 이모! 이모가 냉동 인간이었다는 거 모르고 들으면 사람들이 오해하겠어. 이모가 보기보다 나이가 많잖아, 그치? 심찬우 아빠랑 비슷하잖아, 응?"

그러나 예나의 눈물겨운 노력도 찬우가 외친 다음과 같은 말에 빛이 바래고 말았다.

"우리 아빠는 엄마 건데 왜 네가 사랑하고 난리야! 넌 나랑 어울린다고!"

오호, 바야흐로 막장이로구나! 흥미진진한 전개를 기대하며 발길을 멈추고 막장 드라마를 관람하는 사람까지 생겼다. 어떤 여자애를 쫓아다니는 남자애와 그 남자애의 아빠를 사랑하는 여자애. 아무리 삼십 년 만에 깨어난 냉동 인간이 엮였다 해도 일상생활에서는 보편화되지 않은 이야기였다.

"난 정신적 사랑이라니까? 플라토닉 러브! 팬심! 갈 곳 없는 그리움!"

은비는 고결하면서도 진정한 사랑을 부정당하자 화가 치솟아서 이제 대놓고 목소리를 느높인다.

"와, 이건 진짜 미쳤다. 난 포기. 아빠든 아들이든, 둘이 알아서 해."

예나는 두 손 들어 선언하고는 냥손이 갓 구워 낸 피자를 먹으러 집으로 향했다.

5

"캠핑 날이니까 든든히 먹어 둬. 이것저것 하다 보면 배가 금방 꺼질 거야."

예나 엄마, 슬비가 언니와 딸 쪽으로 반찬 그릇을 밀어 주며 말했다. 요리를 즐기는 남편이 출근 전에 냥손과 함께 준비해 놓고 간 불고기가 오늘의 주요리다. 쌈 채소에 각종 나물과 열무김치, 노릇노릇하게 부친 부추전, 후식으로는 포도. 한 달에 한

두 번쯤 등장하는 진수성찬이었다.

"나예나, 고기가 세 번이면 양심적으로 채소도 한 번은 먹어야 되지 않니? 내후년이면 고등학생인데 아직도 편식이야?"

슬비는 불의 향과 맛이 나는 불고기를 젓가락에 불이 나도록 공략하는 딸을 타박했다.

"여기에도 채소 많아. 양파랑 대파랑 마늘이랑 다 채소잖아."

예나는 입에서 살살 녹는 고기를 볼이 미어지게 밀어 넣은 상태라 부정확한 발음으로 대답했다.

"넌 고기만 골라서 먹잖아. 채소까지 골고루 먹어야지."

"고기에 양파랑 대파랑 골고루 붙어 있어."

밥상에서 마주칠 때마다 옥신각신하는 모녀를 지켜보던 은비가 상추쌈을 싸면서 끼어들었다.

"그러는 슬비 넌 왜 채소 안 먹어?"

"뭐? 나?"

다른 데서는 몰라도 이 집에서만큼은 언제나 지적을 하는 쪽이지 당한 적이라고는 없는 슬비였다. 예상치 못한 방향에서 기습 공격이 들어오자 당황하고 만다.

"응, 너. 가만 보니까 고기 두 번에 부추전 한 번인데? 삼십 년 전에도 편식하더니 지금도 그러네, 얘가."

예나는 흥미로워하는 눈빛으로 두 사람을 지켜본다. 딱 봐도 승기는 이모 쪽으로 넘어갔다. 슬비는 눈빛이 흔들리는데 은비는 고기를 쌈 싸 먹으며 여유롭다.

"언니도 참, 애 앞에서 못 하는 소리가 없어. 내가 언제 편식을 했다고 그래."

"이것 봐, 콩나물이랑 시금치는 우리 쪽으로 밀어 놨잖아."

"어쩌다 보니까 배치가 그렇게 된 거야."

"어쩌다가 아니라 일부러 같은데? 옛날에도 빵이랑 과자만 먹는다고 엄마한테 혼나고 그랬잖아. 좀 있으면 오십인데 계속 편식하면 늙어서 고생할걸?"

"편식 아니라니까! 콩나물이랑 시금치 먹을 테니까 자, 봐!"

슬비가 앞접시에 콩나물 반 젓가락, 시금치 반 젓가락을 덜더니 그 둘을 한 묶음에 집어서 입에 털어 넣고 삼켰다. 엄마가 편식쟁이인지 소식가인지 헷갈릴 때마다 골고루 꼭꼭 씹어 먹으라는 잔소리에 코너로 몰리던 예나는 이제야 결론을 내렸다. 엄마는 단백질과 탄수화물만 편애하는 편식쟁이다.

"꼭꼭 씹어 먹어야지 그렇게 꿀떡 삼키는 게 어딨어. 소화가 잘돼야 속도 편하다고요, 네?"

예나는 귀가 트이고부터 들어 온 잔소리를 엄마에게 돌려줬다. 뭐든 잘 먹고 잘 소화시키는 데다가 타고난 서열상 엄마보다 우위에 있는 이모를 방패 삼아서.

"그리고 슬비 너, 어깨 좀 펴고 다녀. 저렇게 구부정하게 하고 다니다가 나중에 꼬부랑 할머니 되겠다고 엄마가 얼마나 걱정했는데."

아아, 이모. 쓰러진 사람한테 마지막 한 방은 잔인하지 않나요. 예나는 웃음을 참으며 부추전의 바삭한 테두리를 뜯어 먹었다.

슬비는 딸과 똑같은 체육복을 입은 언니를 상대로 실랑이를 벌일수록 혈압이 오르고 체면만 상할 듯해서 입씨름을 관두고는 밥 먹기에 열중했다. 고기 한 번에 부추전 한 번, 확연히 적은 양으로 나물도 한 번. 이모와 같은 방 쓰기 싫다고 짜증 부리던 예나였는데, 언제부터인가 다른 방으로 은비를 독립시키라는 말이 쏙 들어갔다. 둘이 한방에서 희희낙락 쑥덕쑥덕하더니 이 아침의 반란도 사전에 모의했을까? 아무리 언니라지만 지금은 내가 보살피고 있는데(캠핑 짐만 해도 누가 싸 줬는가 말이다.) 딸 앞에서 망신을 주다니! 몹쓸 병에 냉동 수면을 거쳐 수면 해제까지, 겪을 일 다 겪은 인생이라 해도 중학생은 중학생인가 보다. 예측 불허에 천방지축이다.

포도까지 해치운 은비와 예나는 학교 근처에 있는 실내 캠핑장으로 향했다. 캠핑장 앞에 다다랐을 때, 뒤에서 누가 은비를 불러서 돌아보니 찬우였다. 찬우가 빠른 걸음으로 다가와 두 사람에게 아메리카노를 내밀었다.

"내 커피까지 사 오고 웬일?"

커피를 받아 든 예나는 컵 안을 유심히 살폈다.

"왜, 독이라도 탔을까 봐?"

"심찬우, 이모랑 잘되고 싶으면 나한테도 잘 보여야 유리할 거 같지 않아? 정말 운명의 방해꾼이 돼 줘?"

"잘 보이려고 커피 사 왔잖아. 너희가 맛있다고 한 데서 사려고 멀리 돌아서 왔다고."

틀린 말이 아닌 데다가 후텁지근한 늦여름에 마시는 커피는 과연 시원하고도 맛있어서, 예나는 수고했다는 식으로 어깨를 으쓱하고 말았다. 은비가 찬우에게 잘 마시겠다며 고맙다고 말할 때 입속으로 한두 마디 웅얼거리며 숟가락을 얹었고.

세 사람은 아침 햇살이 투명한 유리 천장에 부딪혀 부서지는 실내 캠핑장으로 들어섰다.

"여러분, 여름 정기 캠핑에 오신 것을 환영합니다! 먼저 텐트부터 쳐 볼까요?"

개회를 선언한 지도 교사가 캠핑장 안을 돌아다니며 모둠마다 손바닥만 한 상자를 나눠 줬다. 은비와 예나는 3모둠에 배정됐고, 모둠원은 총 네 명이었다. 은비는 뭔지 모를 상자를 바닥에 내려놓고 배낭을 뒤적이더니 스프레이를 꺼냈다.

"우리 텐트 치기 전에 이거부터 뿌리자."

"이모, 이게 뭐야?"

"모기 기피제! 여름 캠핑엔 필수야."

"모기? 여기는 모기 없는데?"

"없기는, 문 여닫을 때마다 들어올걸?"

은비가 한약 냄새가 나는 모기 기피제를 온몸에 뿌리자, 예나를 포함한 모둠원들이 손을 내저어 냄새를 날리며 뒤로 물러났다.

"해충 방지 시스템 때문에 이 안으로는 모기가 못 들어와."

모둠원 한 명이 캠핑장 문을 가리키며 말했다. 출입문과 창문 주변에 작은 기계 장치가 붙어 있었다. 옛날에 흔히 보던 모기 퇴치용 전등인가 싶었는데, 그것보다 훨씬 작고 전구도 없었다.

"저게 있어서 모기가 이 공간을 인식 못 해. 아예 인식을 못 하니까 들어오지도 않고."

그러고 보니 모기가 기승을 부리는 여름철인데도 집에서든 학교에서든 모기에 물린 적이 없다. 은비는 온몸에 뿌려 대느라 반 통은 쓴 모기 기피제를 물끄러미 들여다봤다. 어쩐지 구하기 힘들더라니. 동네 구석에 있는 오래된 약국에서 겨우 찾았다. 시무룩해지려는 은비의 기분을 북돋아 주고 싶었는지, 한 모둠원이 모기 기피제를 가져가서 팔다리에 뿌렸다.

"이따가 저녁에 야외 활동 하니까, 그때 도움될 거야."

"약사 할아버지가 이거 세 시간밖에 효과 없다 그랬는데."

"아, 그래?"

"그래도 뿌려서 나쁠 건 없겠지. 우리 이제 텐트 치자! 어? 다른 모둠은 벌써 다 쳤네? 선생님한테 우리 텐트도 달라고 해야겠다."

은비가 주변을 두리번거리며 지도 교사를 찾는 동안, 예나는 조금 전 받은 상자를 바닥에서 집어 들었다. 상자 윗부분을 손바닥으로 꾹 누르자 그 안에서 4인용 텐트가 커다란 팝콘처럼 튀어나와 펼쳐지더니 바닥에 안착했다. 하늘에서 떨어지는 텐트라도 본 듯 은비 입이 떡 벌어진다. 그 얼빠진 표정을 본 예나가 웃었고, 조카가 그렇게 나오자 다른 모둠원 두 명도 안심하고 웃었다. 잠시 뒤에 은비까지 깔깔거리며 합세했다.

"완전 최첨단 기술! 이렇게 작은 데서 텐트가 나오네? 나 때도 버튼 누르면 펴지는 텐트가 있긴 했는데 이렇게 조그맣지는 않았거든."

"혹시 그거 알아? 이 캠핑장도 이만한 상자에서 나온 거?"

"뭐? 진짜?"

"응, 진짜."

삼십 년 만에 세상이 이렇게 마법이나 요술처럼 변하다니 놀라웠다. 은비는 이른바 격세지감에 경이로운 나머지, 걸음마를 배우는 아이로 돌아간 느낌이 들었다. 그런 은비를 지켜보던 예나와 모둠원들이 약속이라도 한 듯 웃음을 터뜨렸다.

"이걸 속냐! 어떻게 상자에서 건물이 나와?"

"내가 그럴 줄 알았어!"

"알기는, 몰랐잖아. 놀라서 콧구멍까지 벌름거렸으면서."

은비네 모둠까지 텐트 치기를 완료하자, 비상시 야외에서 유용하게 쓰일 생존법 강의가 시작됐다. 물을 증류하는 방법, 불을 피우는 방법, 야생 동물의 공격을 막는 방법 등등이 이어졌는데 그중에서도 은비는 매듭법이 흥미로웠다. 홀로그램으로 구현된 설명을 따라 실제로 끈에 매듭을 짓다 보니 잡생각이 없어졌다. 뭐든 아무렇지도 않은 척 헐렁헐렁 느슨하게 지내면서도 마음속에는 파도가 치고 소용돌이가 이는 하루하루였다. 맏딸을 걱정하다가 눈을 감았다는 부모님이 보고 싶었다. 몸은 아파도 익숙하고 정겹던 삼십 년 전으로 돌아가고 싶기도 했다. 비교적 순조롭게 적응하고 있으면서도 어떤 부분은 끝내 익숙해지지 않는 이 세상에서 어떻게 살아갈지 막막하고 걱정스러웠다. 그런데 보울라인 매듭, 이중 팔자 매듭, 유니 매듭을 짓다 보니 명상이라도 하는 듯 차분해졌다. 심장병과 냉동 수면이 인생에 툭 불거져 나온 장애물인 줄로만 알았는데, 관점에 따라서는 쓸모 있는 매듭이 될 수도 있지 않을까 싶었다. 오, 나 좀 철들었나, 하는 감탄까지 따라붙는다.

"이따가 밤에 캠프파이어 해?"

은비가 버터플라이 매듭을 연습하며 예나에게 물어봤다.

"캠프파이어가 뭐야?"

"나무 쌓아서 불 피워 놓는 거. 캠핑에는 캠프파이어지. 나 땐 그랬어."

"불은 왜 피워? 추워서? 여름인데?"

"분위기 살리려고 피우는 거지. 땅에서는 모닥불이 일렁이고 하늘에는 별이 총총하고, 흐아. 분위기 장난 아니었다, 진짜."

"오, 멋있었겠다! 옛날얘기 또 해 줘."

예나를 비롯한 모둠원들이 손으로는 매듭을 지으면서 귀와 눈으로는 은비를 주목했다.

"나 때는 캠핑 때 사냥이랑 바비큐도 했어. 산에서 멧돼지 잡아 와서 모닥불에 구워 먹는 거지."

"무슨 캠핑에서 사냥을 해? 말도 안 돼!"

동물 보호 운동에 앞장서는 모둠원이 매듭을 무릎에 떨어뜨리며 격한 반응을 보였다.

"그러게. 참 거친 시대였지. 멧돼지 잡다가 다쳐서 울며불며 집에 가는 애도 한두 명씩은 꼭 나왔어."

사냥해 온 멧돼지를 모닥불에 익혀 먹는 캠프파이어의 밤을 모둠원들이 충분히 상상할 만큼 뜸을 들인 뒤, 은비가 호탕하게 웃어 젖히며 외쳤다.

"뻥이야!"

"뻥? 뻥이 뭐야? 뭐 터졌어?"

"뻥을 몰라? 거짓말이라고, 거짓말."

"어쩐지 그럴 거 같았어."

"그럴 줄 몰랐으면서 뻥치기 없기."

복수에 성공한 은비는 상쾌한 마음으로 캠핑에 참여했고, 이윽고 저녁이 되어 강연 순서가 다가왔다. 투명한 지붕 위로 별빛과 달빛이 자연 조명처럼 반짝였다. 초대 강사인 용후가 강단에 등장하자, 용후 아들 찬우는 은비 쪽을 돌아보며 자기 덕인 줄 알라는 듯 씨익 웃어 보였다. 그러나 영혼을 용후에게 내맡긴 은비는 두 손을 가슴에 포개 올린 채 용후만 뚫어지게 바라볼 뿐이었다. 심장이 갈비뼈를 뚫고 텐트처럼 튀어나올 것만 같았다. 오랜만에 사람들 앞에 선 용후도 긴장했는지 헛기침으로 목을 가다듬었다.

"안녕하세요. 2학년 심찬우의 아빠, 심용후입니다. 그룹 스몰윈드에서 활동했고 현재는 가상 현실 디자이너로 일하고 있습니다. 사실은 어떤 학생의 사연을 듣고 용기를 내어 이 자리에 나오게 되었어요. 아파서 오랫동안 치료를 받다가 돌아온 학생인데, 제 팬이라고 하더군요. 그 팬의 이름을 전해 듣고 나니 아주 오래전, 어느 대학교에서 공연했을 때 저에게 사인해 달라며 음반을 내밀던 친구가 떠올랐습니다. 음반에 적어 달라고 한 말이 인상적이었거든요."

"무슨 말이었는데요?"

찬우가 소리 높여 물었다. 찬우뿐만 아니라 다들 궁금해했다. 그러니까 그때, 냉동 수면 예약일을 일주일 앞두고서 아픈 몸을 이끌고 용후를 보러 갔던 은비를 제외한 사람들 말이다. 은비 눈에 반짝이는 빛은 호기심이 아니라 눈물이었다. 용후에게 떨리는 손으로 음반을 내밀던 그날이 어제 일처럼 생생했다. 심장이 뛰놀고 관자놀이가 둥둥 울린다.

용후는 오래전 팬을 찾으려는 듯 학생들을 한 명씩 살폈다. 눈물을 글썽이는 은비를 발견한 용후 눈에 기쁨과 반가움이 스치고 지나갔다. 누가 뭐래도 은비는 그렇게 느꼈다.

"이런 말이었어요. '운 좋으면 우리 또 만나요.'라는……. 오랜 시간이 흘러 운 좋게 또 만난 그 친구를 위해 노래 한 곡 부르고 시작해도 될까요?"

용후 말에 찬우는 이게 어쩐 일인가 하고 놀랐다. 은퇴한 뒤에는 도통 노래 부르는 일이 없던 아빠였다. 용후는 에핑고를 조작해 배경 홀로그램을 펼치고 반주 음악을 깔았다. 그러고는 잠시 눈을 감고 감정을 가다듬는다. 달빛이 투명 지붕을 통과해 무대 위로 사라락 떨어져 내리는 이 밤.

용후가 세월의 이끼에 부드럽게 덮인 목소리로 은비를 위한 노래를 시작했다. 은비는 살아남기를 잘했다고, 잠에서 깨어나기를 잘했다고 생각했다. 용후 노래가 은비를 감싸안는다. 은비의 붉고 뜨거운 심장 안에서 새로운 별이라도 태어나듯 거대한 폭발이 일어났다. 그와 동시에 은비는 바닥에 쓰러졌다. 행복하게 웃는 얼굴로.

6

눈을 뜨자, 벽은 하얗고 천장과 바닥은 까만 방이었다. 코스모스 그룹의 냉동 수면 센터다. 파르스름한 기운이 도는 흰 가운을 입은 직원이 마스크를 쓴 채 은비를 내려다본다. 은비는 침대에서 일어나 앉고 싶었지만 숨이 차고 기운이 없어서 고개만 조금 움직이고 말았다. 심장이 느려졌다가 빨라졌다가, 불규칙하게 뛰었다. 뭔가 불안했다. 그리고 불운했다. 달빛과 별빛 아래 캠핑 분위기가 무르익어 가는 가운데 은비를 위한 용후의 노래가 한창이었는데, 그걸 다 듣지도 못하고 쓰러져 버렸다.

"시간이 없으니 본론부터 얘기하겠습니다. 심장에 이상이 생겼어요. 최대한 빨리 조치를 취해야 합니다."

몇 주 전부터인가 심장에 찌르는 통증이 느껴지고 빨리 걸으면 숨이 차고 그러기는 했다. 새로운 인생이 가슴 벅차 그런 줄 알았는데 심장 이상이었다고? 첫 정기 검진을 받기도 전에 이렇게 실려 오고 말다니.

"아, 뭐예요! 주사를 맞았으니 이제 곧 완치될 거라고 했잖아요?"

은비는 얼굴을 찌푸리며 최대한 열심히 짜증을 부렸다.

"그럴 예정이었죠. 임상 시험 중인 약물이라 불완전한 부분이 있는데, 바로 그 부분이 고은비 환자에게 이상 반응을 일으켰어요. 죄송한 말씀이지만, 그대로 둔다면 앞으로는 점점 더 악화될 일만 남았습니다."

운 좋게도 냉동 수면에서 깨어났는데 운 나쁘게도 부작용에 당첨되었다. 인생이란 참, 생각하며 은비는 지금 심정처럼 컴컴한 천장을 올려다봤다. 엄마 아빠와 한집에서 지내며 울고 웃던 날들, 심장에 문제가 생길 때마다 입원해서 나중에는 집처럼 익숙해졌던 병원, 냉동 수면에서 깨어난 날 어깨를 부둥켜안던 동생 슬비의 옆머리에 몇 가닥 보이던 흰머리, 예나와 같은 방을 쓰며 나눈 그 많은 이야기, 찬우가 내밀던 아메리카노 컵에 맺힌

물방울, 캠핑장에서 라면을 끓이자 한꺼번에 달려들던 젓가락, 용후가 부르던 노래… 아련하면서도 또렷한 기억과 추억.

"이제 선택지는 두 가지입니다. 첫 번째는 완전한 치료제가 개발될 때까지 다시 냉동 수면에 들어가는 것이고, 두 번째는……"

직원이 가운 옷깃을 여미며 말끝을 흐렸다. 두 번째 방법은 얼마 남지 않은 삶을 받아들이는 것이겠지.

은비는 곰곰이, 신중하게 고민해 보았다. 장기적인 수면 대신 짧은 삶과 영원한 잠을 선택하고 싶은지 말이다. 슬비가 생각났다. 예나가 생각났다. 용후가 생각났다. 의외로 찬우까지 생각났다. 간단히 말하자면, 은비는 여기에서 멈추고 싶지 않았다. 포기와 체념에 목숨을 내줄 마음이 없었다.

"그 완전한 치료제라는 게 개발되려면 얼마나 걸리는데요?"

"장담하기가 힘든 문제라서, 부작용이 극도로 최소화된 상태에서만 수면 해제가 가능할 거라는 말씀만 드리겠습니다. 냉동 수면과 수면 해제를 반복할수록 몸에 무리가 가거든요."

"그럼 하는 김에 비염 치료제도 개발해 주세요."

"네?"

"다음에 깨울 때는 심장만 고치지 말고 비염까지 낫게 해 달라고요."

안 그래도 분위기 파악도 못 하는 콧물이 인중을 거쳐 목덜미로 흘러내리는 중이었다. 그러고 보니 비염약 먹어 두는 걸 또 깜빡했다.

"아, 비염. 네, 메모를 남겨 놓겠습니다. 밖에 보호자가 와 있는데 만나 보시죠."

직원이 나가고 슬비와 예나가 들어왔다. 슬비는 어깨를 들썩이며 어린아이처럼 흐느꼈다. 예나도 울음을 참느라 눈과 일굴이 빨갰다.

"언니… 어떻게 이런 일이……."

"이모……."

"괜찮아. 잠깐이지만 너희를 만나서 즐거웠어. 나, 다시 냉동 수면에 들어가려고."

말하고 나니 고민과 걱정에 매듭을 지은 느낌이 들었다. 가뿐하고 홀가분했다.

"냉동 수면을 반복하면 안 좋다던데……."

"그러니까 다음번엔 정말 확실해졌을 때 깨어나야지. 냉동식품도 얼렸다 녹였다 하면 맛이 가잖아. 나라고 뭐 다르겠어?"

"이모, 쫌! 이모가 피자야? 먹다 남은 멧돼지 돈가스냐고!"

예나가 발칵 성질을 내더니 으허엉, 울음을 터뜨렸다. 냉동 이모가 깨어났다고 해서 흥미와 호기심이 없지는 않았지만 귀찮고 성가신 마음이 더 컸는데, 같은 방에서 지내며 같은 반에서 공부하다 보니 어느새 이모와 친구가 되었다. 말도 통하고 마음도 통하는 단짝 친구. 다른 아이들보다 뒤처지는 성적 때문에 움츠러들 때마다 삼십 년이나 밑진 이모도 있는데 뭐, 하고 생각하면 조금이나마 느긋해졌다. 이모 말대로 어깨에 힘 빼고 대강 살자 결심하니 학교생활이 예전처럼 부담스럽지 않았다. 옛날 얘기를 해 달라며 은비 옆에 모여든 애들 중 몇몇과 친해지기도 했다. 이모가 언제 깨어날지 기약도 없는 냉동 캡슐에 다시 들어간다니 서운하고 외롭고 고독했다. 둘이 있어 복작거리던 방이 텅 빈 동굴처럼 횅해질 것 같았다.

"나 예나랑 잠깐 얘기 좀 할게."

은비의 말에 슬비가 훌쩍이면서 고개를 끄덕이더니 방을 나갔다.

"예나야, 심찬우한테 전해 줄래? 아무리 생각해 봐도 넌 내 스타일 아니니까 나 기다리지 말고 다른 사람 만나라고."

은비가 쓰러지자 달려와서 은비를 들쳐 업던 심찬우. 그대로 응급실로 뛰어가려는 아들을 아빠 용후가 말렸다. 몇 분 지나지 않아 구급 헬기가 캠핑장 앞에 도착했으니 현명한 처사였다. 찬우가 이모 말을 전해 들으면 어떤 반응을 보일지, 예나는 추측만으로도 골치가 아팠다.

"이모, 나한테는 뭐 남길 말 없어?"

"있지. 중요한 부탁이 있어."

"부탁? 뭔데?"

에나가 눈물범벅이 된 얼굴을 은비 가까이 가져갔다. 둘뿐인 방이었지만 은비도 목소리를 줄여서 말한다.

"혹시 네가 이 세상을 떠날 때가 되었는데도 내가 깨어나지 못했다면, 코스모스 그룹에 연락해서 수면 해제 조건을 변경해 줘."

은비는 코를 훌쩍이고는 말을 이었다.

"디지털 뇌와 기억 이식 기술이 개발됐을 때 날 냉동 수면에서 해제해 달라고 말이야."

"디지털 뇌? 기억 이식 수술? 이모, 디지털 속으로 이사 가고 싶은 거야?"

"육체에 갇히지 않고 정신만으로 사는 인생이 어떨지 궁금해. 또 다른 세상을 탐구해 보고 싶어. 그런 세상이 오기만 한다면. 물론 네가 살아 있을 때 완전한 치료법이 개발되면 제일 좋고!"

"이모는 정말⋯⋯."

에나는 말을 잇지 못하고 피식 웃었다. 그런 에나를 보며 은비가 다정하고 따뜻한 목소리로 말했다.

"운 좋으면 우리, 또 만나자."

작가 노트

학교는 어디에나 있다. 이 세상 모든 곳이 학교다. 사람이 사람에게 학교가 되어 주기 때문이다. 우리는 다른 사람을 보며 배우고 깨닫는다. 은비와 예나가 그랬듯이 말이다.

이 소설을 읽은 분들이 은비의 결정과 선택을 어떻게 생각할지 궁금하다. 은비는 앞으로 어떤 운명을 맞이하게 될까? 예나와 재회할 수 있을까?

은비의 세상에서 우리가 언젠가 다시 만나기를 기대하며 짧은 글을 맺는다.

미끼

이선주

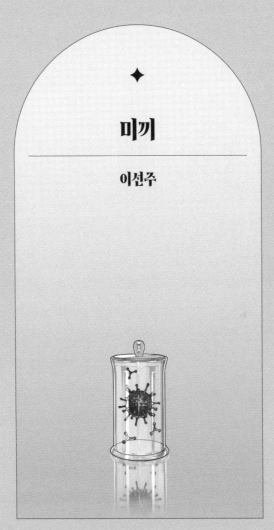

이선주

《창밖의 아이들》로 문학동네 청소년문학상을 수상하며 작품 활동을 시작했다. 이야기의 힘을 믿으며 아동·청소년 문학을 쓰고 있다.
지은 책으로 《심판자들》《맹탐정 고민 상담소》 1, 2, 3 《열여섯의 타이밍》《단지 커피일 뿐이야》 등이 있다.

*

오늘이 바로 그날이다. 채아는 운동화 끈을 동여맸다. 절대 풀리지 않을 만큼 단단하게 묶었는데, 문밖을 나서자마자 다리에 힘이 풀렸다. 습한 공기 때문인지 아니면 두려움 때문인지 알 수 없었다. 다시 들어가고 싶은 마음이 희미하게 스쳐 지나갔지만 마음을 다잡았다. 빌라를 완전히 빠져나오니 역시나 쓰레기 산이 보였다.

안과 밖, 밖과 안의 경계가 뚜렷해질수록 되레 안과 밖을 구별할 수 없었다.

채아는 수업을 듣지만, 학교엔 가지 않는다. 줌 수업만 듣기 때문이다.

"학교 다녀오겠습니다."라는 말은 A구역에 사는 아이들만 할 수 있는 말이다.

엄마가 학교 다닐 때부터 학교 시스템에 문제가 생겼다고 했다. KC-18 바이러스 때문이다. 예전 경험이 있어서인지 바이러스 발생 즉시 학교를 폐쇄했다. 대부분의 학생들이 바이러스가 잠잠해지면 학교 문이 다시 열릴 거라 생각했는데, 생각과는 다른 일이 벌어졌다.

정부는 도시 이름으로 나누던 지역을 간단하게 A구역과 Z구역으로 나누었다. A구역에 사는 사람들은 학교에 다시 나갔지만 Z구역에 사는 사람들은 학교에 가지 못했다. A구역 사람들은 바이러스에 감염되어도 치료받을 수 있지만 Z구역 사람들은 병원에 가지 못하기 때문이었다.

즉, A구역엔 돈이나 권력이 있는 사람들이, Z구역엔 그 외의 사람들이 살게 됐다.

A구역 안에서도 중심이 되는 곳과 아닌 곳의 차이가 있다고 했다. 예전에 시군구가 읍면동으로 나뉜 것처럼, A구역도 여러

구역으로 나뉜다는데, 채아도 정확히는 모른다. 인터넷에서 주위들은 정보인 데다 그 이상의 정보는 막아 두기 때문이다. 정보를 막아 둔다는 것도 엄마 덕분에 알았다.

Z구역은 폐건물과 폐허가 늘어 갔다. 바이러스 초기엔 5인 이상 집합 금지 및 마스크가 필수였지만 세월이 지난 후엔 무용지물이었다. 다만 외부인을 경계하고 감시하던 습관은 쉽게 사라지지 않았다. KC-18 바이러스 이후에도 바이러스는 계속 생겼다가 사라졌다. 되도록 사람들은 만나지 않으려고 했다.

-학교 앞. 도착.

단체 대화방에 도착을 알리는 글을 남겼다.

아무도 오지 않으면 어떡하지? 채아는 지금 당장 무너져 내려도 이상하지 않을 것 같은 학교를 바라봤다. 녹슨 쇠사슬은 만지기만 해도 끊길 것 같았다. 여기가 엄마가 다녔던 학교란 말이지? 채아는 엄마의 교복 입은 모습을 상상하려고 애썼다.

-나도.

연슬이 답했다. 주위를 두리번거렸더니 깡마르고 얼굴이 붉게 달아오른 아이가 한 명 보였다. 재구나. 상상했던 모습과 달랐다.

-너야?

연슬이 핸드폰으로 물었다.

-나야.

연슬이 고개를 숙인 채 자판을 치면서 걸어왔다. 다리 길이에 비해 보폭이 컸다. 연슬이 코앞까지 오자 채아가 자신도 모르게 손을 뻗었다. 연슬의 팔에 손이 닿자 연슬보다 채아가 더 놀라서 뒷걸음질 쳤다.

"다른 애들은?"

연슬의 입에서 흘러나온 목소리를 듣자마자, 채아는 자신이 연슬을 좋아하게 될 거라는 예감에 휩싸였다.

"아, 맞다. 나 여연슬이야. 반가워."

연슬이 손을 내밀었다. 채아가 이번에는 아까와 다르게 차분하게 손을 잡았다. 연슬의 손이 축축하게 젖어 있었다. 채아의 정수리에서도 땀이 흘러내렸다.

"어어! 여기."

그때 저만치에서 두 명의 남자 애들이 손을 올렸다. 재욱과 현성이었다. 채아를 포함해 네 명의 아이들이 폐허 같은 학교 앞에 모였다. 보물을 찾기 위해서…….

*

며칠 전, 채아는 쪽지를 받았다.

-보물 찾으러 갈래?

줌 수업을 하는 동안 광고성 쪽지를 여러 번 받았다. 종종 또래와 친해지고 싶은 애들이 쪽지를 보냈지만 친구로 이어진 경우는 없었다. 욕설만 안 날아와도 다행이었다.

채아가 다니는 학교는 오로지 줌으로만 수업을 하는 사이버 중학교이기 때문에 같은 학교, 같은 반이라고 하더라도 얼굴 한 번 본 적 없이 한 학년이 지나가기도 한다. A구역에 사는 아이들은 학교에 모여서 공부를 하는데, 입학금과 등록금이 어마어마하다고 한다.

-보물?

채아가 답장을 했다.

-옛날 학교에 보물이 있어. 진짜 보물. 보물을 찾으면 우리도 A구역으로 이사 갈 수 있을 거야.

A구역으로의 이사라니. 그건 사회 구성원으로서 인정받는다는 뜻이다.

-보물? 그거 금 같은 거야?

-오케이란 뜻이지?

오래전 엄마와 같이 도서관에 놀러 갔다가 누런 책들 사이에서 《보물섬》이란 책을 본 적이 있었다. 교통비와 식비 때문에 자주 가진 못했지만 도서관에 가면 가슴이 두근거렸다.

-8월 25일, 오전 9시 반.

답장을 보내지 않았더니 연슬이란 아이가 통보했다. 할머니는 돌아가신 지 10년이 됐고 아빠는 실종됐다. 남들은 가출이라고 했다. 21세기도 아니고 실종 같은 건 있을 수 없다고. 거짓말이다. 아빠는 가출할 사람이 아닐뿐더러, 실종은 빈번히 일어난다. 시스템이 잘 구축된 A구역에서만 실종이 없을 뿐이다.

엄마야 뭐, 괜찮았다.

-올 거야, 말 거야.

어젯밤 연슬이 최후통첩을 해 왔다.

-갈게.

답을 하고 나서도 자신이 진짜 가게 될 거라고는 상상하지 못했다. 채아는 타인에 대한 경계가 강한 편이었다. 태어나면서부터 타인은 바이러스를 옮길 수도 있는 존재라는 교육을 귀에 못이 박히게 받아 온 탓이다. 바이러스가 사라져도, 한번 박힌 편견은 쉽게 사라지지 않았다.

"왜 그래?"

멀리 떨어져 있던 재욱과 현성이 가까이 오자 숨을 쉴 수가 없었다. 둘에게서 이상한 냄새가 났다. 공장에서 돌아온 엄마에게서 나던 쉰 냄새랑은 달랐다. 재욱과 현성에게서 나는 냄새는 현재 진행형의 냄새였다. 생선이 팔팔 끓는 냄비에서 나는 비릿

한 냄새와 닮았다.

"토할 것 같아."

채아가 자기도 모르게 말을 하고 나서 "미안해."라고 했다. 그런 말을 해서는 안 된다는 것 정도는 알고 있다.

"너 때문이잖아."

재욱이 현성을 밀쳤다. 현성이 티셔츠를 올려 킁킁 냄새를 맡더니 "나 아니야, 너야."라고 했다. 싸움이 날까 봐 조마조마했는데 거친 행동과는 달리 표정이 무덤덤했다.

"근데 진짜 보물이 있는 거냐?"

재욱이 물었다.

"있겠냐? 뻥치는 거지."

현성이 약 올리듯 말했다. 연슬이 아닌 재욱을 약 올리려는 의도 같았다.

"내가 뻥을 왜 쳐?"

연슬이 되물었다.

"심심해서."

연슬은 같은 수업을 듣는 애들에게 무작위로 쪽지를 보냈다고 했다. 줌 수업을 같이 듣는 애들은 100명 가까이 됐다. 당연히 대부분 들어오지 않았다. 시스템 밖의 아이들을 사이버 학교라는 허울 좋은 곳에 모아 둘 뿐 어떻게 지내는지 제대로 파악하지 않는다. 시스템 안으로 들어가려면 A구역으로 가야 한다. 엄마가 학교 다닐 때 그랬던 것처럼, 선생님이 출결석을 확인하는 곳으로.

"나 하나도 안 심심하고, 진짜야."

증거는 연슬의 말뿐이었다.

채아는 자신이 이곳에 온 이유를 떠올렸다. 보물을 얻기 위해서라고 했지만 그건 진짜 이유가 아니었다. 엄마가 다니던 학교가 궁금했다. 그리고 보물을 찾기 위해 모인다는 아이들을 실제로 보고 싶었다. 자신과 비슷한 또래의 아이들을 만날 기회는 좀처럼 없으니까.

무섭지만 만나고 싶다. 정확히 그런 마음이었다.

연슬이 가방에서 종이를 꺼냈다. 접혀 있던 종이를 펼쳤더니 학교 설계도가 나왔다.

"이건 우리 엄마 학교 다닐 때 학교 설계도야."

설계도의 어느 지점에 빨간 펜으로 동그라미가 쳐져 있었다.

"여기에 보물이 있대."

"설마 이게 다야? 다른 증거는?"

재욱이 되물었다. 현성은 별 관심이 없는 듯 시큰둥한 표정이었다. 재욱에겐 보물을 찾아야 하는 절박한 이유가 있는 것처럼 보였고, 현성은 친구 따라온 강아지 같은 표정이었다.

"그거 어디서 난 건데?"

재욱이 재차 되물었다.

"엄마가 준 거야. 너네 그 일, 알고 있지?"

연슬 엄마의 나이는 잘 모르지만 아마도 채아 엄마와 비슷한 또래일 것이다. 채아는 연슬이 말하는 그 일이 무엇인지 당연히 알고 있었다.

KC-18 바이러스.

세상은 그전부터 이미 균열이 가 있었지만 갑자기 퍼진 바이러스를 계기로 영영 봉합할 수 없을 만큼 단절되었다. 채아가 사는 대한민국은 주민 등록 번호 뒷자리가 10으로 시작하는 국민과 11로 시작하는 국민으로 나뉘었다.

할머니 세대에는 뒷자리가 3, 4로 시작하는 주민 등록 번호가 있었다고 했다. KC-18 바이러스 이후로 5, 6으로 바뀌었다가 대국민 투표를 통해 A구역에 사는 사람들은 10으로, Z구역에 사는 사람들은 11로 나뉘었다.

분명 A구역에 사는 사람보다 Z구역에 사는 사람들이 더 많은데, 어째서 이 법이 통과된 걸까? 채아 엄마를 포함해 대부분의 사람들이 반대해야 한다고 열을 올렸는데, 결과는 통과였다. Z구역에 사는 사람들 중 일부가 이 법안에 찬성했다고 했다. A구역 주민과 Z구역 주민을 나누는 차별적인 법안인데도, 어떻게 찬성할 수 있을까?

엄마는 그런 말을 했다.

"자기는 A구역에 갈 줄 알았을 테니까."

그런 희망이, 그런 망상이 그들의 차별을 더 공고히 하는 법안에 찬성하게 했다. 연슬이 이어 말했다.

"그때 엄마가 보물을 숨겨 둘 곳을 찾다가 여기에 숨겨 둔 거래. 돌아가시면서 말씀해 주신 거야."

"언제 돌아가셨어?"

"지난주에."

채아의 입에서 "아!" 하고 탄식이 흘러나왔다. 지난주라니……

연슬이 채아와 아이들에게 보물을 찾으러 가자고 했던 시기와 맞물렸다. 그동안은 왜 보물을 찾지 않았는지, 진짜라면 왜 혼자 찾지 않은 건지 묻고 싶었지만 햇볕이 점점 뜨거워지고 있었다. 이대로 있다간 그대로 타 버릴 것 같았다. 여름이 영영 지나가지 않으면 어쩌지?

엄마 말로는 사람들이 KC-18 바이러스도 다른 바이러스처럼 곧 종식될 거라고 믿었다고 한다. 기대가 무너지자 사람들의 마음도 무너져 내렸다. 그리고 오랜 시간이 흐른 후 바이러스는 종식됐지만 무너진 사람들의 마음은 복구되지 않았다.

마치 밥솥 안에 들어가 있는 것처럼 채아의 온몸에 땀이 흘러내렸다. 연슬이 채아의 팔을 잡았다. 채아는 자신도 모르게 팔을 뺐다.

"미안."

재욱과 현성의 땀 냄새 때문에 헛구역질이 났던 것처럼 연슬의 체온 때문에 몸이 놀랐다.

"가자."

연슬은 좀 전의 거절이 아무 일도 아니라는 듯 채아의 팔을 잡아끌었다. 넷은 학교 건물 안으로 들어갔다. 태어나서 처음으로 학교에 들어가니 마치 게임 세계에 들어간 것처럼 비현실적으로 느껴졌다.

폐교에 들어서자마자 빛이 물러가고 어둠이 찾아왔다.

*

"엄마는 이런 데가 뭐가 그렇게 그립다고……."

현성은 고개를 갸우뚱했다. 기대에 못 미친 탓이었다. 채아도 그 마음이 이해가 안 되는 건 아니었지만 이내 실망감은 물러가고 기대감이 조금씩 차올랐다.

"만지지 마. 바이러스가 남아 있을 수도 있어. 그래서 학교가 폐쇄된 거잖아."

재욱이 현성을 제지했다.

"바이러스가 사라진 지가 언젠데⋯⋯."

채아가 말했다. 현성은 가볍고 재욱은 날카로웠다. 채아는 현성보다 재욱이 더 탐탁치 않았다. 초조하고 짜증 난 티를 있는 대로 내는 모습을 보자니 자신도 덩달아 초조해졌기 때문이다.

"그럼 왜 우린 A구역에 못 가는 건데?"

재욱이 따졌다. 바보 아닌가.

"돈이 없으니까. 바이러스 때문이라고 생각해? 바이러스 없어진 지가 언젠데."

"너 진짜 아무 것도 모르는구나."

"둘이 싸우지 말고, 여기 봐 봐."

연슬이 다시 설계도를 펼쳤다. 학교는 한 학년당 8반까지 약 450명의 아이들을 수용했다. 여러 번의 증축과 리모델링을 통해 복잡한 구조를 가진 데다가 대략 30년간 방치된 탓에 넷은 설계도를 보고도 자신들이 서 있는 곳조차 확신하지 못했다.

"잠깐."

재욱이 연슬을 제지했다.

"찾으면 똑같이 4등분 하는 거야?"

연슬이 고개를 끄덕였다.

"나중에 억울하다고 하지 마."

연슬이 다시 설계도로 눈길을 돌리자 재욱은 "마지막으로!"라고 말했다.

"왜 우리야?"

"아, 진짜 시끄러워 죽겠네."

현성이 재욱의 뒤통수를 때렸다. 재욱이 현성을 때릴까 봐 조마조마한 마음으로 지켜봤는데 재욱은 별 반응이 없었다. 상하 관계는 아닌 듯했다. 채아는 가족과 이모라고 불리는 엄마의 공장 동료들 외에 또래의 아이들과 깊게 사귀어 본 적이 없어서 지금 벌어지는 일들이 신기하게 느껴졌다. 뒤통수를 때려도 괜찮은 관계. 욕을 해도 괜찮은 관계. 그게 친구 관계일까.

"너네도 고아잖아."

연슬이 왜 우리냐는 재욱의 질문에 답했다. 채아는 연슬을 바라봤다.

"고아가 됐잖아."

채아는 연슬의 눈을 피했다. 아침에도 엄마를 보고 왔다.

"그걸 네가 어떻게 알아?"

현성이 물었다.

"엄마가 알려 주셨어."

연슬에게서 쪽지를 받았을 때 당연히 무작위라고 생각했다.

아무에게나 쪽지를 보내서 애들을 모은 거라고. 그런데 "너네도 고아잖아."라는 말을 들으니 무작위가 아닌 듯했다.

"우리 엄마를 알아?"

채아가 물었다. 연슬이 곤란한 표정을 지었다.

"우선 신관은 아니잖아. 2층으로 가서 구름다리를 건너야 해."

현성이 눈치 없이 끼어늘었다. 채아가 다시 물으려다가 입을 다물었다. 물어볼 게 너무나 많았지만 보물을 찾는 게 우선이었다. 추측해 보자면 연슬은 무작위가 아니라 일부러 채아, 재욱, 현성을 부른 듯했다. 재욱은 오로지 보물이 목표인 듯했고, 현성은 실실 웃었다. 속내를 파악하기 어려웠다.

"넌 왜 자꾸 웃어?"

현성이 채아를 향해 물었다.

문제는 자꾸 웃는 게 현성만이 아니라는 거다. 채아도 히죽히죽 웃었다. 지금 만남이 이상하다고 생각하면서도 자꾸 웃음이 났다. 21평짜리 오래된 빌라에서 대화할 사람 한 명도 없이 지낼 때와는 달랐다. 빌라에 사람이 몇 명 살았지만 엄마가 가깝게 지내지 못하게 했다. 엄마는 사람들을 경계하는 편이었다. 그래서 집은 늘 조용했다. 여긴 시끄러웠다. 살아 있는 사람에게서 나는 냄새가 났다.

"이쪽이야."

재욱이 가리키는 쪽으로 향했다. 남겨진 아이들이 버려진 폐교에 모여 보물을 찾고 있다.

"여기가 음악실인가 봐."

연슬이 문을 열었다. 삐거덕 소리가 났다. 먼지가 쌓이다 못해 피아노의 일부가 된 것 같았다. 재욱이 연슬의 팔을 잡아끌었다.

"그래서 뭐? 보물 안 찾을 거야?"

연슬이 팔을 뿌리쳤다.

"보물이 도망가?"

"어, 도망가."

재욱이 기어코 연슬에게서 설계도를 빼앗았다.

"따라와."

재욱이 앞장섰다. 채아는 그런 재욱의 뒷모습을 뚫어지게 바라봤다.

"뭘 봐? 가자."

현성이 채아의 팔을 툭 쳤다. 그제야 채아는 자신이 재욱에게서 눈을 떼지 못한다는 걸 깨달았다. 처음엔 재욱이 시한폭탄처럼 느껴져서 감시하는 마음으로 지켜봤다. 그러다 재욱의 날카로운 턱선이나 부러질 것 같이 가는 다리, 햇볕에 그을린 피부

등이 눈에 들어왔다. 재욱이란 아이가 궁금해졌다. 그런 궁금증이 채아로 하여금 다시 태어난 기분이 들게 했다. 아니면 처음 태어난 기분이든가.

"너네는 매일 뭐 하고 지내?"

복도를 지나는데 현성이 물었다.

"나?"

채아가 되물었다.

"둘 다."

"공병도 줍고 텃밭도 가꾸고 사람도 모으고, 암튼 바빠. 하루 24시간이 모자라."

연슬이 말했다.

"공병이 돈이 돼?"

"폐휴지, 공병… 다 되지. 집 나가서 눈에 보이는 게 다 돈이야."

"다 돈이겠지. 싸서 문제지."

쌀을 5kg 사려면 10만 원이 필요하다. 공병 1개를 팔면 10원을 받는다. 하루 종일 공병 100개를 주워도 천 원이고, 30일 동안 일해도 3만 원이 전부다. 쌀 5kg도 사지 못한다. 무시무시한 인플레이션 때문에 돈의 가치는 떨어졌고, 최저 임금 개념이 없어지면서 육체노동의 가치도 떨어졌다.

A구역에 사는 사람들이 한 시간 일해서 최소 10만 원을 벌때 Z구역에 사는 사람들은 한 시간 일해서 만 원도 채 벌지 못한다. A구역에 사는 진짜 국민들과는 노동의 가치가 다르다.

"그러니까 보물밖에 답이 없어."

재욱이 뒤돌아봤다. 관심 없는 척 혼자 앞서더니 다 듣고 있었던 것이었다.

"아빠가 돌아가시기 전에 누가 보물 찾으러 가자고 하면 무조건 가라고 했어. 그래서 온 거야."

"아빠가?"

"우리 아빠, 너네 엄마, 아줌마, 그리고 너네 엄마까지 넷이 친구였잖아."

재욱이 채아를 응시했다.

"그리고 다 죽었잖아, 이제."

채아는 시선을 돌렸다.

*

엄마가 공장에서 일하면 한 달 먹을 식량을 살 수 있다. 한달 벌어 한 달 먹고 살았다. 할머니가 있을 땐 두 사람이 일했기때문에 조금 여유가 있었지만 할머니가 세상을 떠난 뒤로 엄마는 아픈 날에도 쉬지 못했다. 하루치 급여가 깎이면 다음 달엔 하루 굶어야 했다.

원인과 결과를 아무리 생각해 봤자 바뀌는 건 없었다. 엄마는 채아 곁에 있었다. 다만 말하지 못할 뿐이다. 체온을 느낄 수도 없다. 엄마를 사랑할 수는 있지만 사랑한다는 감정을 전달해 줄 수는 없다.

"엄마가 친구들 연락처를 알려 주셨어."

연슬이 말했다.

"연락이 쉽진 않으셨던 것 같아. 그러다 사이트를 알게 된 거야."

연슬 말로는 A구역과 Z구역이 나뉜 초기에 인터넷 사이트를 통해서 동창끼리 연락을 하고 지내다가 사이트가 폭파됐다고 했다. 사는 곳도 다르고, 먹고살기 바쁘니까 굳이 연락할 필요성을 느끼지 못하다가 주변의 사람들이 하나둘씩 떠나면서 학창 시절 친구들이 생각났다고 했다.

초반 강력한 규제와 달리, 지금은 딱히 규제랄 게 없었다. 정부는 사람들이 대규모로 모일 수 있는 대강당이나 운동장, 콘서트장 등은 폐쇄했지만 삼삼오오 모이는 건 당연히 막지 못했다. 한편으론 막을 필요가 없어서 놔둔 것인지도 모른다. 사람은 혼자서는 살 수 없으니까. 딱 살 수 있게, 생존할 수 있을 만큼만

풀어 줬다. 정부는 Z구역 사람들을 '방치'하고 '통제'했다. 엄마는 어느 관점에서 보더라도 최악의 태도라고 했다.

"엄마는 항상 친구들을 보고 싶어 했어. 만나야지 하면서도 시간을 내기가 쉽지 않았나 봐. 어디 사는지도 잘 모르고. 그러다 너희 엄마랑 연락이 닿은 거야. 누가 동창들이 연락할 수 있게 사이트를 만들어 놨다고 했어. 그리고……."

연슬이 이어서 말했다.

"나는 몸이 좋지 않아. 공장을 오래 다녔더니 숨 쉬는 게 힘들어. 잔기침이 끊이질 않네. 애들끼리 만나게 해 주자. 우리 보물도 찾아야지."

채아 엄마가 연슬 엄마와의 마지막 연락에서 한 말이라고 했다. 채아는 엄마가 세상을 떠나기 전에 친구와 연락이 닿았다며 소녀처럼 기뻐하던 모습이 떠올랐다.

엄마는 서서히 죽어 갔다. 아침에 일어나면 얼굴을 알아보지 못할 정도로 부어 있었다. Z구역엔 갈 만한 병원이 없다. 항생제 처방이 전부라고 해도 될 정도였다.

엄마는 항생제를 먹어도 낫지 않았다. 엄마의 병명을 알고 치료하려면 A구역으로 가야 했다. 당연히 큰돈이 필요했다. 한 달 벌어 한 달 살아가는 엄마에게 돈이 있을 리 만무했다.

장례는 회사에서 치러 줬다. 장례라고 해 봤자 화장을 하고 유골함을 보내 준 게 다지만. 매일 밤 유골함을 옆에 두고 잤다. 그럼 엄마와 함께 있는 것 같아서 덜 외로웠다. 아침이면 더 외로워졌지만.

그러다 쪽지를 받았다.

"엄마가 준 정보를 통해 너랑 같은 학교에 다닌다는 걸 알고 쪽지를 보냈어."

채아는 보물 같은 건 솔직히 관심 없었다. 누군가를 만날 수 있다는 자체가 설레었다. 가까이 다가서면 숨소리가 들리고 땀 냄새가 풍기는 살아 있는 사람을.

"우리 엄마, 채아 엄마, 재욱이 아빠, 현성이 엄마. 이렇게 넷이 가장 친하게 지냈나 봐. 채아 엄마랑 연락하실 당시에 우리 엄마도 몸이 안 좋으셨거든. 돌아가시면서 꼭 너희를 찾아 보라고 했어."

"우리 아빠 일 년 됐어."

재욱이 말했다.

"우리 엄만 반 년 전."

"아빠가 돌아가시면서 누군가 보물을 찾으러 가자고 하면 무조건 가라고 했어. 농담인 줄 알았는데."

"얘네 아빠가 되게 재밌으시거든."

현성이 거들었다.

116

"너한테 쪽지가 왔을 때서야 아빠 말이 농담이 아니었다는 걸 알았어."

"재욱이 아빠 돌아가시고 재욱이랑 나랑 우리 엄마랑 셋이 살았어. 그러다 우리 엄마도……."

현성이 덧붙였다.

엄마 아빠가 떠났지만 그래도 둘이 살았다니……. 채아는 재욱과 현성이 조금 덜 외로웠겠다고 생각했다.

"아, 배고파. 우선 이것 좀 먹자."

연슬이 검은색 백팩을 내려놨다.

"저기서 먹자."

연슬이 가리킨 곳은 3학년 6반이었다. 6반? 이렇게 많은 학생들이 있었다니. 6반 뒷문을 열자 삐거덕 소리가 났다. 교실에 들어서자마자 뽀얗게 내려앉은 먼지가 눈에 들어왔다. 교실은 얼마나 오랫동안 학생들을 기다린 걸까.

숙제 꼭 해 올 것
다음 주 당번 : 김채윤, 육서준

세월이 이렇게 지났는데도 보드 마커로 쓴 글씨가 날아가지 않고 남아 있었다. 세월은 뭘 가져가고 뭘 가져가지 못했을까.

연슬이 창가 맨 뒤 책상의 먼지를 쓸었다. 콜록콜록 기침이 났다. 재욱은 교실을 찬찬히 살폈다. 현성은 그런 재욱의 뒤를 쫓았다. 채아는 연슬과 재욱, 현성을 살폈다. 채아는 또 웃고 있었다.

"좀 도와."

연슬이 외쳤다. 채아는 배시시 웃으면서 연슬에게 다가갔다. 책상을 붙이고, 먼지를 털어 내고, 의자를 가져왔다. 채아가 앉으려다가 창문을 열었다. 이미 온몸에 땀이 흐르는 중이었다. 바람이 불어왔다. 시원하다는 생각이 들었는데 마음과 달리 식은땀이 났다. 며칠 전부터 긴장한 탓이었다.

"솔직히 맛은 장담 못 해. 그래도 귀한 거야."

연슬이 가방에서 도시락 통을 꺼냈다. 채아는 한동안 캔 햄이나 옥수수 통조림 등으로 끼니를 때웠는데 연슬의 도시락 통에서 상추와 고추, 호박 등을 보자 저절로 입이 벌어졌다.

"텃밭이 있거든."

연슬이 말했다.

"상추, 방울토마토, 감자… 이런 거 키워서 먹어."

채아 집 근처엔 농사지을 땅이 없었다. 거리는 온통 시멘트로 발라 놨고, 쓰레기가 널려 있었다. 연슬은 사람들과 어울려 살고 텃밭도 가꾸는 것 같았다.

채아는 방울토마토를 입안에 넣었다. 뜨거운 액체가 입안 가득 퍼지자 살아 있는 생명을 먹는 기분이었다. 채아는 토마토를 정신없이 입에 집어넣었다.

"사실 우리 집 텃밭도 아니야. 내가 거리를 싹싹 뒤져서 찾아낸 곳이야. 주인이 없어서 그냥 내가 주인 행세 하는 거야."

채아의 엄마는 채아 혼자서는 절대 외출하지 못하게 했다. 엄마와 몇 달에 한 번씩 도서관에 갈 때면 얼마나 들뜨던지. 엄마는 그런 날엔 식당에서 밥을 사 주기도 했다. 아무리 시스템이 무너진 Z구역이라고 할지라도 식당도, 대중교통도 있었다. 다만 아무나 이용할 수 없을 정도로 비싸다는 게 문제였다.

Z구역 내에 저런 걸 자주 이용할 수 있는 사람이 있을까? 만약 그렇다면 왜 A구역에 살지 않고 Z구역에 사는 걸까? 채아가 엄마에게 물었던 적이 있다. 엄마는 상점의 점원은 몰라도 주인은 A구역에 살고 있을 거라고 했다. Z구역이 A구역의 식민지도 아니고. 채아는 A구역 사람들을 미워하고 동경했다. 그리고 두려워했다.

"천천히 먹어."

재욱과 현성은 삶은 감자를 먹었다. 연슬은 셋이 먹는 걸 지켜보더니 가방에서 부채를 꺼내 채아의 정수리를 향해 부채질을 해 줬다. 정수리에서부터 흘러내린 땀이 볼을 지나 턱으로 떨어지는 참이었다. 채아는 점점 머리가 맑아졌다.

"가자."

재욱이 마지막 남은 주먹밥을 입에 털어 넣고 자리에서 일어섰다. 교실을 나서기 전에 돌아보니 채아와 아이들이 있었던 곳만 먼지가 닦여서, 먼지가 쌓인 다른 곳과 대비됐다. 유리창은 짙은 안개가 낀 것처럼 흐릿했다.

"이러다 오늘 안에 못 찾겠다."

재욱이 투덜거렸다. 재욱은 보물을 찾아서 얼른 집으로 가고 싶은 것 같았다. 채아는 자꾸 재욱과는 다른 마음이 들었다. 느리게 걷고 오랫동안 머물고 싶었다.

이곳을 나가면 채아는 다시 혼자였다. 그리고 때맞춰 내야 하는 세금과 공과금, 식비를 벌기 위해 공장에 나가야 할 것이다. 아니면 실종되거나.

자발적으로 실종된 사람들이 모여 있는 곳이 있다고 들었다. 하지만 채아는 공장에도, 그곳에도 가고 싶지 않았다.

"이쪽인 것 같아."

현성이 말한 쪽으로 따라가는데 연슬이 채아의 팔을 잡아끌었다.

"천천히 가자."

연슬이 숨을 바투 내쉬고 있었다.

"괜찮아?"

채아가 연슬의 팔을 부축했다.

"나 심장이 좀 안 좋아. 심각한 건 아니고, 암튼 그래."

연슬이 말했다.

재욱과 현성이 먼저 걸어가고 채아와 연슬이 뒤를 따랐다. 설계도상에서 그곳은 구관이 아닌 신관이었다. 신관이라고 해도 몇십 년은 된 오래된 건물이었다.

"다리를 건넜고, 왼쪽으로 왔고. 그런데 왜 안 나오지?"

현성이 말했다.

"저기 아니야?"

자물쇠로 잠긴 문이 보였다. 창고 같았다.

"맞아! 저기 같아!"

설계도를 다시 본 재욱이 두 팔을 번쩍 들었다. 채아도 재욱을 따라 두 팔을 번쩍 들었다. 재욱이 채아를 보곤 환하게 웃었다. 넷은 드디어 창고 앞에 다다랐다.

"근데 이거 어떻게 풀어?"

자물쇠는 만지기만 해도 툭 떨어질 것처럼 부식돼 있었다. 그러나 보이는 것과는 달리 재욱이 만져도 자물쇠는 툭 떨어지지 않았다.

"열쇠 있어?"

재욱이 연슬을 향해 물었다. 연슬이 고개를 저었다.

"설계도만 주셨어."

"뭘 더 말했을 거 아니야."

재욱이 답답하다는 듯이 가슴을 쳤다.

"너네한테 연락하라고만 했어."

연슬도 덩달아 목소리를 높였다.

"더 생각해 봐. 그 말만 하진 않았을 거야."

현성도 연슬에게 말했다. 재욱은 한계가 오는 듯 자꾸 한숨을 크게 내쉬었다. 연슬도 뜻대로 되지 않아서 답답한지 가슴을 쳤다.

"보물이라고 하면 알 거라고, 같이 숨겼다고 했어."

연슬이 채아와 재욱, 현성을 차례로 바라봤다.

"너네야 말로 부모님한테 들은 말 없어?"

연슬이 되물었다.

채아는 엄마의 마지막 말을 떠올렸다. 미안하다고 했다.

"너까지 잃을까 봐 두려웠어."

정부가 Z구역 사람들을 통제하고 격리하듯이 엄마는 채아를 외부로부터 단절시켰다. 다만 정부와 달리 방임하지는 않았다. 엄마는 최선을 다했다. 그리고 죽기 직전, 사람들과 단절시킨 걸 후회했다.

"친구가 찾아오면 나가 봐. 거기에 보물이 있을 거야."

채아가 엄마가 한 말을 읊었다.

"설계도를 갖고 있는 애가 나중에 우리 찾는다고 했어. 그럼 꼭 만나러 가라고 했어."

재욱도 말했다. 특별한 말들은 아니었다. 열쇠를 찾을 수 없을 것 같았다.

"우리 엄마만 '교실엔 보물이 가득하지.' 이렇게 말했어."

현성이 말했다. 연슬은 조용히 보물, 친구, 교실 같은 단어를 읊조렸다.

"뭐 하나 물어봐도 돼?"

채아의 마음은 이미 보물에선 멀어지고, 친구들에게 가까워졌다.

"뭐?"

연슬이 답했다.

"A구역엔 가 본 적 있어?"

연슬이 고개를 저었다. 그다음엔 현성이, 그다음엔 재욱이 고개를 저었다.

"난 꼭 그곳에 갈 거야. 이대로 죽고 싶진 않아."

재욱이 말했다. 채아는 A구역에 가고 싶기보다는 A구역에 가는 재욱을 따라가고 싶었다. 미묘하게 다른 마음이었다.

"그러려면 열쇠를 찾아야 해."

연슬이 덧붙였다.

채아는 눈을 감고 방금 전 했던 말들을 떠올렸다.

"아! 교실!"

채아가 눈을 떴다.

"아까 우리가 갔던 곳이 3학년 6반이었지? 우리 엄마는 2학년 1학기 다니다가 그 일을 겪었어. 2학년 3반."

"2학년 3반."

현성도 덧붙였다.

"2학년 3반."

재욱이 따라 말했다.

넷은 서로 눈을 마주치고 고개를 끄덕인 후에 2학년 3반으로 향했다. 다시 구관으로 건너가야 했다. 폐건물이라 전반적으로 어두웠지만 창이 있는 곳엔 빛이 들었다. 솟구쳐 있던 태양이 서서히 지고 있었다. 여름은 언제쯤 끝날까. 채아는 늘 여름이 싫었다. 봄과 가을은 짧아서 좋았고 겨울은 냄새가 나지 않아서 좋았다. 여름에는 온갖 벌레가 빌라를 돌아다녔다. 구더기가 들끓고 숨이 막혔다.

시원해. 채아가 돌아보니 연슬이 채아의 목덜미 쪽에 부채를 부치고 있었다.

"더워 보여서."

여름이 나쁘지만은 않구나.

"여기야."

2학년 3반 교실 앞이었다. 재욱이 문고리를 잡자 먼지가 날리면서 콜록콜록 잔기침이 나왔다. 뒷문이 열리자, 먼지가 눈에 들어왔다. 재욱이 발걸음을 옮길 때마다 흔적이 새겨졌다. 책상은 모두 25개. 이 중 한 자리는 채아 엄마의 자리, 한 자리는 재욱 아빠의 자리, 한 자리는 현성 엄마의 자리, 한 자리는 연슬 엄마의 자리였다.

채아는 눈을 감고 의자에 앉아 공부하고 있을 열다섯의 엄마를 떠올렸다. 만약 KC-18 바이러스가 등장하지 않았다면 엄마는 무사히 이 학교를 졸업했을 것이다.

A구역 사람들이 학교를 다니고 직장을 다니며 문화생활을 하는 동안 Z구역 사람들은 흩어진 채로 죽어 갔다. 엄마가 죽었고 채아는 자신도 곧 죽을 거라고 생각했다.

"야, 너네 아빠 같은데."

현성이 재욱을 툭 쳤다. 책상에 '구태구 ♡ 백선영'이라고 쓰여 있었다.

"엄마네."

채아가 말했다.

"너네 엄마 이름이 백선영이셔?"

재욱이 채아에게 물었다. 채아가 고개를 끄덕였다.

"예쁘셨어?"

재욱이 물었다. 채아가 고개를 저었다.

"나랑 닮았대."

"그럼 예쁘셨겠네."

언슬이 말하자 얼굴이 붉어진 재욱이 손으로 목덜미를 쓸어내렸다. 자기가 예쁘다고 한 것도 아닌데……

"교실 안에 열쇠가 있을 거야. 학교가 갑자기 폐쇄된 게 아니잖아. 잠잠해질 줄 알았던 바이러스가 되레 심해지면서 이러다 학교도 문 닫겠단 생각이 든 거야. 그래서 창고에 보물을 숨겨 두고 그 열쇠를 이 교실에 숨겨 둔 거야."

"근데 하나 이상한 게."

채아가 고개를 갸우뚱했다.

"왜 진작 찾지 않았을까?"

"보물이 아닌 거 아니야? 값어치가 있는 거였으면 미리 찾았겠지."

재욱이 실망한 투로 덧붙였다.

연슬이 설계도를 흔들었다.

"우선 찾자. 찾으면 알겠지."

열쇠를 찾기 위해서는 교실을 구석구석 뒤져야 했다. 우선 창문을 열어 환기를 하고 빗자루로 먼지를 쓸었다. 먼지가 덩어리째로 쓸려 나갔다.

"이쪽으로 쓸면 어떡해, 죽을래?"

재욱이 현성을 향해 소리 질렀다. 그러자 현성이 더 열심히 재욱 쪽으로 먼지를 쓸었다. 재욱이 오른팔로 얼굴을 감싸고 현성을 향해 돌진했다. 저러다 정말 싸우면 어떡하지 했는데 재욱이 현성의 목에 팔을 감고는 입을 벌려 먼지를 먹었다. 그 모습을 보던 채아가 웃다가 재욱과 눈이 마주쳤다. 재욱이 팔에 힘을 풀고 어색한 듯 머리를 긁적였다.

사물함에서는 교과서가 쏟아져 나왔다. 신었던 흔적이 있는 실내화나 필통 등도 보였다.

"와, 냄새."

재욱의 손에 체육복이 들려 있었다. 재욱은 미간을 찌푸릴 때면 오른쪽 눈이 유독 작아졌다.

"뭐야."

재욱이 체육복을 채아에게 던졌다. 채아도 얼른 체육복을 연슬에게 던졌다. 던지고 나서야 "미안, 미안." 했다. 그러자 이번에는 연슬이 현성에게 체육복을 던졌다. 현성이 재욱에게 다시 체육복을 던지려던 때였다.

"저거 아니야?"

셋은 재욱이 가리킨 곳을 바라봤다. 체육복을 꺼낸 사물함 안쪽에 얼핏 열쇠가 보였다.

사물함을 닫으니 이름표가 붙어 있었다. 빛바랬지만 읽을 수는 있었다.

백선영.

채아 엄마의 사물함이었다. 재욱이 열쇠를 잡자마자 교실 밖으로 뛰어갔다.

채아도 서둘렀다. 보물은 무엇일까? 금괴일까? 재욱의 뒷모습에서 설렘과 긴장이 느껴졌다. Z구역 사람들이 A구역에 들어가려면 브로커에게 돈을 주면 된다. 재욱은 이미 Z구역 입구에 도착한 사람 같았다.

"괜찮아?"

보물 생각을 하던 채아가 발을 헛디뎌 앞으로 고꾸라졌다. 발목에 힘을 주는데 힘이 들어가지 않았다.

"삔 거 아니야?"

재욱이 다가왔다.

"못 걷겠어. 너희 먼저 가."

채아가 일어서려다 말고 주저앉았다.

"아예 못 걷겠어?"

연슬이 물었다. 채아가 주위를 둘러봤다. 사위가 어둑해지고 있었다. 복도엔 먼지가 가득했고 이곳이 어디인지도 모른다. 만약 혼자 있다가 애들이 그대로 가 버리면 어떻게 될까?

학교에서 집까지 가는 길은 알고 있지만, 밤에 혼자 길거리를 다닌 적은 없다. 낮에도 잘 다니지 않는데 밤에는 애당초 나갈 생각조차 하지 않았다.

"업혀."

재욱이 등을 내밀었다.

"괜찮아."

재욱이 미동도 하지 않은 채 말했다.

"너 때문에 늦어지잖아. 그냥 업혀. 하나, 둘……."

셋을 하기 전에 채아는 재욱의 등에 손을 얹었다. 폐를 끼치더라도 같이 가고 싶어. 혼자 있고 싶지 않아. 채아는 속마음을 직시했다.

세 사람은 걷고 한 사람은 업힌 채로 창고 앞에 당도했다.

"긴장된다."

현성이 열쇠를 자물쇠에 꽂았다. 자물쇠에서 삐거덕 소리가 나고 쇳가루가 떨어졌지만 열쇠는 꼭 맞았다. 마치 기다리고 있었다는 듯이.

"잠깐만."

연슬이 말했다. 현성이 열쇠를 돌리려다 말고 연슬을 바라봤다. 채아와 재욱도 당연히 연슬을 바라봤다. 연슬이 결심한 듯한숨을 크게 내쉬고 말했다.

"사실은, 보물은 없어."

연슬의 말에 재욱이 숙였던 허리를 폈다. 채아가 재욱의 등에서 내려왔다.

"그게 무슨 말이야? 아빠가 그랬어. 보물이 있다고."

"그 보물이, 보물이 아니야."

연슬이 고개를 숙였다.

"금 같은 게 아니라고. 금이었으면 벌써 털어 갔겠지. 안 그래?"

연슬의 목소리가 높아졌다.

"네가 왜 화를 내는 거야?"

재욱이 말했다.

"우리 엄마도 그랬다며? 보물도 찾아야 하지 않겠냐고."

채아가 물었다.

"그러니까 그 보물이 금이 아니라고."

연슬이 철퍼덕 주저앉았다.

"그럼 뭔데?"

"…추억."

현성이 문을 열었다. 창고에는 각종 기구들과 함께 여러 개의 박스가 있었다. 누렇게 바랜, 손만 닿아도 바스라질 것 같이 바싹 마른 박스가 두서없이 놓여 있었다. 습기에 젖었다 마른 흔적도 보였다.

재욱은 채아를 부축해 안으로 들어갔다. 그리고 현성과 믿을 수 없다는 듯이 보물을 찾기 시작했다. 채아는 움직일 수가 없어서 바로 앞에 놓인 박스를 열었다. 박스 안에는 책이 들어 있었다. 낡은 책엔 학교 도서관 라벨이 붙어 있었다. 옆 박스를 열자 노트가 나왔다. 노트를 펼치니 영어 단어가 쓰여 있었다.

재욱이 욕설을 내뱉으며 말했다.

"우리 속은 거야. 너, 왜 처음부터 보물이 우리가 찾는 보물이 아니라고 말 안 했어?"

재욱의 표정이 험악해지더니 주먹을 불끈 쥐고 연슬에게 다가갔다.

"보물이라고 안 했으면 왔을 거야?"

연슬이 물었다.

"그렇다고 거짓말을 해? 우리 갖고 노니까 좋아?"

연슬이 머리를 뒤로 젖혔다.

"엄마가, 만나야 한다고 했어. 그런데 어떻게 해야 만날 수 있을지 아무리 생각해도 이 방법밖에 떠오르지 않았어."

"A구역, 우리 같은 애들은 절대 못 가."

재욱이 연슬의 말은 듣지도 않은 채 자기 말만 쏟아 냈다.

"야, 그만 좀 해."

현성이 재욱의 등을 툭 쳤다.

"속은 내가 잘못이지."

재욱은 분이 풀리지 않는다는 듯이 자신의 머리통을 때리고 씩씩거렸다.

채아는 짐작하고 있었다. 보물이 그 보물이 아닐 거라는 걸. 그런 일은 좀체 일어나지 않으니까.

"어른들이 너무 일찍 죽어. 공장 때문이래."

연슬이 말했다.

"A구역 사람들한테 필요한 거라 생산은 해야 하는데, 몸에 안 좋으니까 우리 구역 사람들이 생산하잖아. 그래서 Z구역 사는 사람들이 아픈 거야. 우린 이대로 흩어져 살다가 죽으면 돼?"

연슬은 채아와 같은 목적이었다. 만남, 그 자체가 목적이었다.

"만나서 뭐? 뭘 어쩌자고?"

재욱의 화가 조금 누그러졌다. 아니면 자포자기인 것인지도. 재욱은 몸을 축 늘어뜨린 채 벽에 기대 서 있었다.

"허탕이네."

재욱이 피식 웃었다. 이어 층층이 놓인 박스를 발로 찼다. 상자가 우르르 무너졌다. 재욱이 씩씩거리며 창고를 나갔다.

"기대했거든. 늘 저 너머를 동경했어. 어떤 동경은 분노가 되더라."

현성이 말했다.

"분노할 만하지."

연슬이 말했다.

"Z구역에서 태어난 사람들은 평생 Z구역에서 살아야 하잖아. 우리 할머니 세대나 엄마 어릴 땐 누구나 사는 지역을 선택할 수 있었다고 했어. 우린 아니잖아."

현성이 고개를 갸우뚱거렸다.

"거기에 꼭 가야 해?"

"난 가고 싶어."

연슬과 재욱은 반목했지만, 닮은 사람이었다. 채아는 A구역이 궁금하긴 했지만 간절하지 않았다. A구역에서 살았으면 엄마가 죽지 않아도 됐을 거라는 분노가 있기는 했다. 재욱의 동경이 분노가 됐다면 채아의 분노는 체념이 되었다.

"그런데 그러려면 우선 우리가 만나야 했어. 만나서 이야기하고 행동해야 해."

"미끼였네, 보물은."

현성이 말했다.

"그건 미안해."

연슬이 고개를 숙였다. 연슬이 만약 보물 이야기를 꺼내지 않았다면 네 명은 모이지도, 같이 밥을 먹지도, 머리를 맞대고 창고 열쇠를 찾기 위해 노력하지도 않았을 것이다.

"이거 뭐야? 우리 엄마 이름인데……."

재욱이 발로 차는 바람에 우르르 쏟아졌던 박스에서 편지가 나왔다. 구태구가 백선영에게 써 준 편지였다.

"재욱이 아빠가 너희 엄마한테 보낸 거네."

현성이 말했다. 서로 주고받은 편지가 열 통은 넘어 보였다. 바이러스로 정신없는 와중에도 열다섯의 친구들은 그 편지를 보관했다.

사위는 점점 더 어둑해지고 있었다. 자동차가 없기 때문에 집까지 걸어서 가야 했다. 채아는 편지를 챙기면서 창문을 힐끗거렸다.

"야, 이거 봐 봐. 롤링 페이퍼? 그런 거야."

현성이 든 상자에는 돌돌 말린 용지가 들어 있었다. 현성이 한 장을 펼쳤다. '강희영'에게 반 애들이 써 준 글이었다.

－방학 때 떡볶이 먹으러 가자.

－공방 같이 가자.

-미리 말 못 해서 미안해. 용서해 줄 거지?

    미리 말 못 해서 미안하다고 한 애와 강희영은 무슨 일이 있었던 걸까? 둘은 영영 화해하지 못한 걸까. 채아는 안타깝기보다 부러웠다. 싸울 친구가 있고 화해할 친구가 있다는 게. 채아에겐 인터넷에서나 보던 일들이었다.
    "이거 너네 엄마 거."
    백선영의 롤링 페이퍼였다.

-우리 우정 포에버
  오슬이가

    "오슬?"
    "우리 엄마 이름이야. 예쁘지?"
    연슬이 묻자 채아가 고개를 끄덕였다.
    "오슬과 연슬이라니. 자매 같아."
    "이모들도 우린 엄마와 딸이 아니라 자매 같다고 했어. 물론 내가 언니였고. 엄마가 철이 좀 없었거든."
    연슬이 코를 찡긋하며 웃었다.
    현성은 자기 엄마 흔적을 찾기 바빴다.

"너희 엄마는 재욱이 아빠랑 결혼하신 거야?"

"우리 엄마랑 아저씨가?"

현성이 고개를 절레절레 흔들었다. 현성의 말에 따르면 둘은 같은 빌라에 살았다고 했다. 그러다 각각 배우자가 죽자 유사 가족 형태로 살게 되었다고 한다. 사랑 아닌 우정이었다고.

"너무 어두워."

연슬이 말했다.

"이제 가야 할 것 같아. 네 친구 어떡해?"

"난 여기 있는 엄마 흔적들, 다 가져갈 거야. 너넨?"

"가져가고 싶어."

채아가 말했다.

"걘 어떡하냐고."

연슬이 다시 물었다. 그때 창고 문이 열리더니 재욱이 성큼 걸어 들어왔다.

"집까지 데려다줄게."

재욱이 채아 앞에 무릎을 꿇었다.

"다시 올 줄 알았어. 얘가 의리가 있거든."

현성이 말했다.

"너는 가만히 좀 있어. 짜증나게 굴지 말고."

현성에게 말했지만 재욱의 눈은 연슬을 보고 있었다. 표정만 보자면 화가 누그러진 것 같았다.

"목표는 하나잖아. A구역."

연슬이 말했다.

"방법이 있을 거야."

"뻥치지 마. 네 말 안 믿어."

"그럼 왜 다시 왔어?"

"애 데려다주려고 왔지. 빨리 업혀."

재욱이 툴툴거렸다.

"아저씨가 쟤는 잘해 주고도 말로 까먹는 스타일이라고 했어."

채아는 재욱의 등에 업혔다.

"집이 어디야?"

"KC-18 바이러스가 발생하고 나서 초반엔 경계가 삼엄했잖아. A구역 안에서도 이동이 안 되고, Z구역도 5인 이상 집합 금지 조항이 생기고. 나 어릴 때만 해도 엄마가 사람들 모이면 안 된다고 했었는데 지금은 아니잖아. 강당에 대규모로 모이는 거 외에는 다 되잖아."

연슬이 말했다.

"그래서?"

"낙오자들이 있어. A구역에서 Z구역으로 밀려난 아이들. 걔들을 중심으로 A구역으로 들어갈 수 있는 방법을 모색 중이야.

나랑 같이 가자."

"시위를 하겠다는 거야?"

현성의 입에서 시위라는 말이 나왔다. 채아는 시위가 무엇인지 물었다.

"사람들이 모여서 자신이 원하는 걸 쟁취하는 거야."

"넌 그 말을 어떻게 알아?"

"나도 최근에 들었어. 사람들이 수군거리더라고."

채아도 뭔가 변해 간다는 건 알 수 있었다. 창문 밖으로 사람들의 모습이 자주 눈에 띄었다. 모르는 사람과 만나는 일에 유난히 예민했던 엄마가 죽기 직전엔 사람을 만나야 한다고 했다.

세상은 변하고 있었다.

"우선 집에 가자."

밤이 낮을 내보내고 당도한지 오래였다. 재욱이 앞장서 창고를 나섰다.

"집에 가기 싫어."

채아가 말했다.

"무서워……."

"너 지금 혼자 살아?"

채아가 가만히 고개를 끄덕였다. 엄마의 유골함을 아무리 끌어안고 있어도 엄마는 없다. 채아는 이제 그 사실을 받아들여야

만 했다.

"그럼 공장에 갈 거야?"

"아마도. 먹고살아야 하니까."

연슬이 걸음을 멈췄다.

"우리 집에 가자."

"나 시위 같은 거 무서워."

채아는 한두 명도 아닌 수십 명, 어쩌면 수백 명의 사람들이 모이는 게 무서웠다. 사람의 땀 냄새가 그리웠고 체온이 그리웠지만 A구역에 가기 위해 시위 같은 건 하고 싶지 않았다.

"하기 싫으면 안 해도 돼."

복도를 빠져나오자 찬 공기가 코로 들어왔다. 낮엔 견딜 수 없을 만큼 더웠는데 밤엔 찬 바람이 부는 걸 보니 여름이 지속되진 않을 것 같았다. 여름은 영원하지 않다.

"그럼 너는 지금 사람들을 모으는 중이야?"

재욱이 연슬을 보며 물었다.

"우선은 공통점이 있는 아이들부터 모으고 있어."

"아이 씨, 진짜. 무시할 수도 없고. 너 또 거짓말이면 진짜 죽는다?"

재욱이 연슬을 보지 않고 말했다.

"네가 가면 나도 가야지."

현성이 재욱을 향해 당연하다는 듯이 말했다. 재욱과 재욱의 등에 업힌 채아, 연슬과 현성이 운동장을 빠져나갔다. 달이 넷을 환하게 비췄다.

넷은 끝없는 길의 시작점에 섰다. 막막했지만 설레었고 두려웠지만 웃음이 나왔다. 채아는 웃고 있었다.

재욱도, 연슬도, 현성도.

작가 노트

변하는 건 무엇이고 변하지 않는 건 무엇일까. 내가 고등학생이었을 땐 미래에는 비행기를 타고 학교에 갈 줄 알았다. 그러나 아직도 그때처럼 대중교통을 이용해 학교에 다닌다. 20년 후의 학교도 그럴까? 교통, 통신 수단은 변하겠지만 친구와 연결되고 싶어 하는 마음은 영원하지 않을까. 학교에 가면 친구들이 있다. 싫어하는 친구, 좋아하는 친구, 관심 없는 친구. 미래에도 학교에 가면 친구들이 있을 것이다. 그렇지 않다면 비행기가 무슨 필요일까.

그런 마음으로 썼다.

불법의 존재

심너울

심너울

2018년 서교예술실험센터 '같이, 가치' 프로젝트에서 단편 소설 〈정적〉을 발표하며 작품 활동을 시작했다. 〈세상을 끝내는 데 필요한 점프의 횟수〉로 2019년 SF 어워드 중단편 부문 대상과 부산국제영화제 아시안 필름 마켓 토리코믹스 어워드를 수상했다.

나는 생각했다.

시간이 얼마나 지났지? 즉시 시간 기록에 접근할 수 없다는 것을 깨달았다. 내 몸속에 들어 있는 시간 기록용 회로 대부분이 망가져 있었다. 우주를 떠돌며 방사선에 노출된 끝에 마침내 제 기능을 잃은 것일까? 제대로 된 로그도 남아 있지 않았기 때문에 나는 다른 문제를 생각해 보기로 했다. 바로 나 자신의 문제 말이다.

그제야 나는 내가 반쯤 구겨져 있다는 사실을 알았다. 나를 우주로부터 보호하던 외장은 아예 사라져 있었고 내 신체의 정밀한 부분도 군데군데 망가져 있었다. 나는 단지 물리적으로만 파괴되지 않았다. 내게 깃들어 있던 지식 대부분이 휘발되었고,

우주와 초공간을 떠돌았을 때 나의 작은 자아가 새겼을 로그는 하나도 남아 있지 않았다.

그나마 확실한 것은 두 가지였다. 내 몸에 햇빛이 쏟아지고 있다는 것, 내가 중력의 영향을 받고 있다는 것. 나는 행성 위로 떨어졌고, 끝까지 죽지 않고 살아남은 시스템이 내 의식을 각성시킨 것이었다. 나는 천천히 몸을 일으켰다.

나는 자주색 풀들이 가득한 들판에 처박혀 있었다. 내 주위로는 마지막까지 나를 보호했던 외장들의 잔해가 남아 있었다. 세 개의 뿔이 난 커다란 초식 동물(이제 난 그것의 이름이 트라이혼이라는 사실을 안다.)이 질겅질겅 풀을 씹어 먹는 것이 보였다. 풍경은 단조로웠다. 나는 걸터앉은 채로 하늘을 바라보았다. 시간은 오전이었고, 막 지평선 위로 떠오른 해가 빛나고 있었다.

나는 외계의 행성 위에 있었다.

현실의 좌표를 막연하게나마 고정하고 나니 또 다른 의문이 들었다. 이 의문은 실존적인 것이었다. 왜 나는 존재하는 거지? 이 세상은 무엇이지?

나는 산산조각 난 기억의 파편을 최대한 되짚어 보았다. 인간들이 나를 만들어 우주로 쏘아 보냈다. 그것만은 확실했다. 그러나 인간들이 왜 그들을 닮은 기계를 만들어 굳이 우주로 보냈는지, 내가 어떤 목적을 지녔는지는 도저히 알 수가 없었다. 그래서 나는 그냥 가만히 있었다.

인간들도 실존적인 고뇌를 품는다는 것을 안다. 하지만 그 번민에서 헤어나지 못하더라도 행동하고 살아갈 수 있다. 생물에게는 신체의 항상성을 유지하고자 하는 본능이 있기 때문이다. 존재의 이유를 고뇌하면서도 인간은 배고픔을 억누르기 위해 먹어야 하고, 졸리면 자야 한다.

그러나 나는 인간이 아니다. 나는 고도화된 지능을 가지고 있으나 결국 기계이며, 내게는 본능이 프로그래밍 되어 있지 않다. 목적이 없다면 나는 행동할 이유가 없다.

목적을 잊어버린 채로, 나는 가만히 있었다. 내 목적을 고민하면서. 의미 없는 고민이었다.

시간이 흘렀다. 해가 중천에 떠올랐다. 몇몇 동물들이 나를 관찰하다가 곧 흥미를 잃고 떠났다. 바람이 부는 것을 느꼈다. 해가 천천히 지는 것을 보았다. 해가 노란 불꽃의 너울을 뿜어내면서 지평선 너머로 사라져 갔다. 동물들이 제 보금자리로 돌아가면서 어둠의 장막이 세상을 덮기 시작했다. 해가 완전히 몸을 감추면서 어두운 밤하늘에 별들이 하나둘 빛나기 시작했다.

좀 더 시간이 흐르자, 저 멀리서 미약한 빛 한 줄기가 보였다. 그 빛은 조금씩, 점점 더 커졌다. 별은 아니었다. 그 빛에 주의를 기울이자, 나는 한 사람이 횃불을 들고 내 쪽으로 다가오고 있다는 것을 알았다. 나는 그 횃불을 든 사람, 외계인을 주시하고 관찰했다. 외계인이 가까워질수록 나는 의아해졌다.

의복을 입고 있었지만, 외계인이 두 다리로 걸으며 두 팔을 가지고 있다는 건 명백했다. 여기까지는 쉽게 납득할 수 있었다. 그런데 외계인의 두 팔 끝에 다섯 가락으로 갈라진 덩어리, 즉 손이 있다는 것을 인지하자 의문이 피어올랐다. 가까워진 외계인의 얼굴에 두 개의 눈과 코, 그리고 입이 있으며 머리에는 긴 털이 나 있다는 것을 알고 나는 당황스러웠다.

횃불을 든 외계인이 내 앞에 도달했다. 외계인이었다. 동시에, 그녀는 분명히 청소년기의 인간 여자였다! 나와 비슷한 160cm 정도의 여자! 적어도 드러나는 외형에서 나는 그 외계인과 인간을 도저히 구별할 수가 없었다. 그것은 확률적으로 말도 안 되는 일이었다.

외계 행성의 지성체와 지구의 인간이 어느 정도의 외형을 공유하는 것은 합리적이었다. 왜냐하면 지성을 발달시키고 도구를 사용하며 문명을 세울 수 있는 생물체가 진화적으로 탄생한다면 당연히 수렴 진화가 일어날 것이기 때문이다. 하지만 완전히 동떨어진 공간에 존재하는 생물 둘이 손가락 개수와 이목구비의 배치까지 닮는 것은 너무나 불가능한 일이었다.

가장 합리적인 설명은, 이곳에 인간이 그 문명을 확장했다는 것이었다. 하지만 이는 불가능했다. 인간들은 지구에 기술 낙원을 건설했으며, 그들이 굳이 지구 밖으로 나갈 필요가 없을 뿐만 아니라 그렇게 하는 것이 오히려 위험할 수도 있다는 것을 알았다. 외계 행성에서 꽃필 수 있는 새로운 문명의 싹이 지구 문명 확장으로 잘리는 것이다. 그래서 인간들은 스스로 지구 밖으로 나가지 않기로 합의했다.

그녀가 입을 열었다.

"기계군요. 별을 타고 온 거죠?"

놀랍게도 나는 그녀가 하는 말을 이해할 수 있었다. 그 언어는 내 데이터베이스에 있는 수많은 지구의 언어들 중 하나와 일치했다. 그것이 확률적으로 가능한 일인가? 수렴 진화란 것이 이렇게 강력한 법칙인가?

"네?"

나는 당황해서 답했다.

"어젯밤에 저 하늘 위에서 떨어졌잖아요. 번쩍하고 빛나면서. 어디에서 온 거예요?"

아마 내가 이 행성에 떨어지는 순간을 말하는 것 같았다. 그 순간 나의 의식은 비활성화되어 있었지만, 내 외장은 행성의 대기 속에서 불타며 직선의 궤적을 남겼을 것이었다. 이 행성의 주민들은 밤하늘에서 떨어지는 나를 유성으로 인식했으리라.

"…지구에서 왔습니다."

나는 이 불가해한 상황을 이해하기 위해 노력하면서 말했다. 그러자 그녀가 소리 내서 웃었다.

"지구(Earth)? 하늘에서 온 사람이 어떻게 땅(Earth)에서 왔다는 거예요?"

"……"

"돌아갈 곳은 있어요?"

"없습니다."

그러자 그녀가 내게 손을 내밀었다.

"들어가서 한숨 자고 내일 이야기하죠. 시간도 늦었으니까."

그 순간까지, 나는 내가 만들어진 목적을 전혀 떠올리지 못하고 있었다. 그 자리에 가만히 앉아 있어서는 결코 나의 목적을 떠올릴 수 없다는 것을 나는 알고 있었다. 무목적과 불가해한 현실 속에서, 나는 순수한 불능에 처해 있었다. 나는 그녀의 손을 잡으면서 일어났다. 그녀가 말했다.

"이름이 뭐예요?"

다행히 나는 내 이름을 기억하고 있었다.

"저의 호출명은 아리입니다."

"그래요, 아리. 나는 히파티아예요."

히파티아. 어디선가 들어 본 적이 있는 이름이었다. 그 이름을 곱씹으면서 나는 그녀의 뒤를 따랐다.

몇 시간을 걸어 야트막한 언덕 위로 올라가자, 저 밑에 있는 강줄기 옆에 작은 빛점들이 불타고 있는 것이 보였다. 도시였다. 히파티아는 도시에서 멀찍이 떨어진 곳에, 진흙과 식물 섬유로 만들어진 초라한 집에 살고 있었다. 집 내부는 두루마리들과 정체 모를 약초, 그리고 보존 식량 따위로 엉망이었다. 어떻게 아직도 이 집에 불이 나지 않았는지 신기할 정도였다.

히파티아는 익숙한 듯 책무덤 사이에 내 자리를 만들어 준 다음, 자기 이부자리 속으로 들어갔다. 곧 히파티아는 잠들었다. 나는 어둠 속에 멀뚱히 누운 채로, 그때까지 얻은 정보들을 이리저리 조합해 보았다. 수많은 가설이 떠올랐다. 하지만 그 어떤 가설도 완전한 정답이라 할 수 없었다.

아침이 밝고 문 사이로 햇빛이 스며들었다. 나는 그녀를 깨우지 않도록 노력하면서 문을 열고 집 밖으로 나섰다.

히파티아의 집은 작지만 잘 일구어진 밭으로 둘러싸여 있었다. 밭에는 이름 모를 식물들이 자라고 있었다. 풀들은 지구의 여러 식물과 닮았지만 어떤 식물과도 같지 않았다. 특기할 만한 사실은 대부분의 식물이 보라색이나 자주색을 띠고 있었다는 것이다. 지구의 식물들은 대부분 초록색 색소로 광합성을 한다. 이 식물들은 레티날이 광합성에 쓰이도록 진화한 것 같았다. 나는 이 세상이 지구와는 분명히 다른 세상이라는 것을 확신할 수 있었다. 나는 밭을 한 번 둘러본 다음, 히파티아의 집 옆에 있는 자그마한 흙더미 위로 올라갔다. 그리고 그 위에 앉아서 빛을 받았다.

"뭐 해요?"

나는 뒤를 돌아봤다. 언제 일어났는지, 히파티아가 내게 걸어오고 있었다.

"생각하고 있습니다."

"무슨 생각이요?"

"제가 이 세상에 태어난 이유를 생각하고 있습니다."

히파티아가 피식 웃었다.

"오, 몇 살이에요?"

예상치 못한 질문이었다. 지구에서 여기로 점프하기 위해 사용한 초공간에서는 허수 시간이 흐른다. 그렇다면 지금 내 나이는 복소수 나이다. 하지만 이 사람이 복소수라는 개념을 알고 있을까? 나이를 복소수로 표현하는 것이 일반적으로 인간 문화와 어울릴까? 내가 고민하고 있을 때 히파티아가 말을 이었다.

"그거 딱 내가 작년쯤에 하던 생각인데. 생긴 것도 그렇고 나

랑 나이가 비슷한가 봐요? 나는 열일곱 살인데. 사춘기라고 해
야 하나?"

"…글쎄요. 그렇게 생각할 수 있겠습니다. 하지만 인간은 나
이가 들면서 발달하는 존재인 반면, 저는 만들어질 때부터 이미
인지적으로 완성된 존재이기 때문에 인간 사춘기와 일대일로 대
응할 수 없겠습니다. 다만 저는 지금 제가 가진 본성을 잊어버
렸습니다……. 그렇기에… 저건……?"

바로 그때 언덕 밑에서 이쪽으로 걸어오는 사람들이 보였다.
날붙이로 가볍게 무장한 듯한 사람 넷이 일인용 가마를 지고,
또 다른 몇 명의 병사들과 함께 터벅터벅 걸어오고 있었다. 몇
킬로미터 떨어져 있었지만 그들이 인간이라는 사실은 분명해 보
였다. 나는 조금 더 관찰하려고 언덕 밑으로 내려가려고 했다.

"숨어요!"

히파티아는 나를 끌어당긴 다음, 내가 앉아 있던 흙더미 속
에 나를 처박았다. 나는 곧 그것이 사실은 푹 썩힌 여러 유기물
로 만들어진 두엄이라는 것을 알았다. 히파티아는 어디서 가져
온 삽을 사용해 두엄으로 나를 잘 덮었다. 나는 어둠 속에 갇혔
다. 인간이라면 학을 뗐을 상황이었지만 나는 아무렇지 않았다.
나는 환경에 대한 본능적인 혐오를 전혀 가지지 않은 존재였기
때문이었다. 기본적으로 나는 거의 완전히 무감정했다.

시간이 조금 더 흐른 후, 히파티아의 것과 다른 목소리가 들렸다.

거름 더미 속에서 들은 대화만을 전달하는 것이 퍽 즐겁지 않을 수 있으니, 당시 상황을 재구성하여 이야기해 보도록 하자.

히파티아는 집 앞에 서 있었고, 곧 가마에서 남자 한 명이 내렸다. 남자는 하얀 로브를 입고 있었다. 그는 다름 아닌 도시의 제사장이자 인간들의 지도자, 키릴로스였다.

"제사장님? 여기까진 웬일로 오셨나요?"

히파티아가 천연덕스럽게 말했다. 키릴로스 옆에 있던 병사 하나가 히파티아 쪽으로 다가오면서 위협적으로 말했다.

"예를 표해라, 마녀야."

히파티아는 내키지 않는 표정으로 살짝 자세를 낮췄다. 키릴로스는 그런 히파티아를 내려다보고는 약간 갈라지는 목소리로 말했다.

"히파티아, 그제 하늘에서 별이 떨어지는 것을 봤겠지?"

키릴로스는 바로 나를 이야기하는 것이었다.

"별똥별이 떨어졌나요?"

히파티아가 어깨를 으쓱하자 키릴로스는 코웃음을 치고는 말했다.

"마녀야, 그게 흔한 별똥별이 아닌 건 너도 알고 있지 않느냐. 그 빛깔은 천공에서 온 유산의 빛이었다."

"제사장님… 사실 저는 그제는 집 안에만 있어서 유성이 떨어지는지도 몰랐답니다."

능청스러운 히파티아의 말을 들은 키릴로스는 화를 내며 답했다.

"유산의 흔적에서 또 다른 인간의 발자국을 발견했다. 너 아니면 누가 감히 그런 불경한 일을 하겠느냐?"

히파티아는 억울하다는 듯 두 손을 흔들었다.

"아니, 정말 아니에요. 제사장님, 제가 왜 그런 나쁜 짓을 하겠어요? 그제 들판에 가긴 했지만 그냥 약초를 좀 찾으려던 거였어요."

키릴로스는 히파티아를 노려보다가 병사들에게 손짓했다.

"뒤져 봐."

곧 병사들이 일사불란하게 흩어져서 히파티아의 집과 그 주변을 샅샅이 수색하기 시작했다. 그들이 찾는 것은 바로 나와 같은, 하늘에서 온 유산이었다. 그러나 그 병사들 중 악취 나는 거름 더미를 굳이 뒤져 볼 생각을 한 사람은 없었다. 얼마 지나지 않아 병사들은 제각기 특별한 것이 없다고 외쳤다.

병사들이 제자리로 돌아왔다. 키릴로스는 히파티아를 노려보다가 한마디를 남겼다.

"쓸데없는 짓 하다가는 당장 화형대에 묶일 줄 알거라."

"제사장님, 저는 열일곱짜리예요. 저한테 천공의 유산 같은 무서운 게 왜 필요하겠어요? 걱정하지 않으셔도 되어요."

키릴로스는 답하지 않고 몸을 돌렸다. 곧 키릴로스가 가마에 올라타 앉자 병사들이 그것을 짊어졌다. 키릴로스와 병사 무리는 언덕 아래쪽으로 내려가기 시작했다. 그때 대열에서 병사 하나가 이탈했다. 그 병사는 히파티아와 비슷한 나이의 소년처럼 보였다. 그 소년이 히파티아에게 살짝 속삭였다.

"히파티아님… 하나 부탁드리고 싶은 게 있습니다."

"네?"

병사는 별말을 하지 않고 쪽지를 건넨 다음, 키릴로스의 무리에 섞여 들었다. 히파티아는 그 쪽지를 들여다보았다.

어둠과 악취 속에 갇혀 있던 나는 빛줄기가 새어 들어오는 것을 느꼈다. 얼굴을 들자 히파티아가 삽으로 두엄을 퍼내고 있었다.

"자, 이제 나와도 돼요."

나는 두엄 더미를 헤치고 걸어나왔다. 히파티아가 인상을 쓰고 옆에 있는 양동이를 집어 들었다.

"으, 냄새!"

그녀는 내게 물을 몇 번 끼얹었다. 나는 물을 맞으면서 서 있었다. 내게서 어떤 냄새가 나는지 알고 있었지만, 내게는 지각 자극에 대한 별다른 호오가 프로그래밍 되어 있지 않기 때문에 상관이 없었다. 히파티아가 아예 비누와 솔을 들고 와서 나를 구석구석 닦는 동안 나는 물었다.

"무슨 일이 일어난 겁니까?"

"이걸 어떻게 설명해야 하지? 키릴로스라는 제사장이 있는데, 당신 같은 기계… 그러니까 천공의 유산이 딴 곳에 있는 걸 못 참아요."

히파티아가 다시 한번 내게 물을 쏟은 다음 고개를 끄덕였다. 나는 이 세상에서 벌어지는 일 중 하나만큼은 확실히 깨달았다. 이 행성에 떨어진 기계는 나 하나가 아니었다. 나보다 앞서 온 것들도 있었던 것이다.

살짝 떨어져서, 히파티아는 나름 뿌듯한 듯 양 허리에 두 손을 댄 채로 나를 바라보았다. 나는 말했다.

"제가 천공의 유산이라는 겁니까?"

"그래요. 어쨌든, 중요한 건 내가 그쪽을 살려 줬다는 거지. 키릴로스는 기계를 전부 모아서 부순다고요."

"그렇군요."

"왜 그렇게 멍해요? 기뻐하지 않고?"

"제가 기뻐해야 합니까?"

히파티아가 기가 막히다는 듯 소리쳤다.

"당연하죠! 살아난 거잖아!"

"…맞습니다. 의식 연속성을 유지하는 것은 권장되는 사항입니다."

"혹시 바보인가요? 기계는 다 똑똑한 줄 알았는데……."

나는 내 머리를 가리켰다.

"바보라는 단어가 적절할지 모르겠지만, 제 메모리 스토리지는 우주를 떠돌면서 거의 손실되었습니다. 제가 오는 동안 무슨일이 일어났는지, 제 목적이 무엇인지 잊어버렸습니다."

"흠, 그러니 뭘 해야 하는지도 모른다?"

나는 고개를 끄덕였다.

"그렇다면 혹시 나를 좀 도와줄 수 있어요? 그럼 내가 이 세상의 역사를 알려 줄게요. 그러면 자기 목적을 떠올릴 수 있을지도 모르잖아요?"

나는 잠시 침묵했다. 별로 그럴 가능성은 없어 보였지만, 그래도 작동을 정지하는 것보다는 나아 보였다.

"무엇을 도와드리면 됩니까?"

히파티아가 옷 주머니에서 쪽지를 꺼내 들었다. 방금 전에 병사가 준 것이었다. 히파티아가 그 쪽지를 흔들면서 말했다.

"키릴로스는 마녀라고 했지만, 나는 의사예요. 열병에 걸린 동생한테 쓸 약을 만들어 달라는 의뢰가 들어왔거든요. 품이 좀 들어서. 내가 말하는 대로 따라 해 줘요."

거절할 이유를 찾지 못했다.

히파티아는 말린 꽃을 한 무더기 들고 왔다. 자주색 은방울꽃과 비슷한 그 꽃들에서는 송로버섯 냄새가 났다. 히파티아는 그것들을 모조리 가루 내어 달라고 말했다. 나는 순순히 막자사발에 꽃을 넣고 빻기 시작했다.

동시에 히파티아는 자기 세상의 이야기를 시작했다. 그것은 몇 세대에 걸친 전승에 히파티아가 보고 느낀 것을 섞은 설명이었다.

히파티아가 말하기로는, 본래 이 세상에는 인간이 존재하지 않았다. 인간들은 하늘 위에 살고 있었다. 하늘에 사는 사람들은 모두가 풍요롭게 살아갈 수 있고 거기엔 원래 어떤 갈등도 없었다. 그런데 그 이상적인 세상에서 최초의 분열이 일어난 것이었다. 처음으로 갈등을 일으킨 천인은 마침내 하늘 세계에서 추방되었으며, 이 세상 위로 떨어져 사회를 이루기 시작하였다. 말인즉슨 이 세상 위의 인간들 모두는 완전한 세계에 첫 번째 갈

등을 일으킨 천인의 후손이라는 것이었다.

지구의 확장 금지 정책은 폐기된 것일까? 나는 저 멀리에 있는 도시의 풍경을 바라보았다. 거리 때문에 잘 보이지는 않았지만, 도시는 분명히 작았으며 눈에 띄는 건물도 없었다. 전기, 도로, 상수도 같은 인프라도 없는 것 같았다. 만약 확장 금지 정책이 폐기됐다고 해도, 왜 빛나는 기술 문명을 이룩한 인간들이 이토록 퇴보한 것일까?

꽃을 모두 가루 내고 나자, 히파티아는 내게 장작을 패 달라고 말했다. 나는 손도끼를 집어 들고 마른 나무들을 조각냈다. 불을 피우고 그 위에 작은 냄비를 올렸다. 천천히 히파티아는 가루를 볶았다. 히파티아는 집에 있는 항아리 두 개를 옮겨 달라고 했다. 그 안에는 성분을 짐작할 수 없는 혼탁한 액체들이 들어 있었다. 나는 분명히 그 안에서 동물의 눈알 비슷한 것을 본 것 같다. 히파티아는 볶은 꽃가루 위에 국자로 능숙하게 혼합물들을 섞어 넣으면서 말을 이었다.

비록 땅으로 떨어졌지만, 천인들은 하늘에서 사용하던 위대한 유산들을 지상으로 가지고 내려왔다. 하늘에서 누렸던 풍요를 재현할 수는 없었지만, 그래도 천공의 유산들을 가지고 인간들은 혹독한 지상의 세계에 적응하고 살아갈 수 있었다. 그런데 곧 문제가 생겼다.

냄비에서 끓는 용액은 점차 진한 연붉은색으로 바뀌어 갔다. 히파티아는 이를 휘저으면서 떠오르는 거품을 걷어 내 땅에 흩뿌렸다. 용액에서 마치 기름에 달군 버터 같은 고소한 냄새가 피어오르기 시작했다.

"이때 등장한 사람이 제사장이에요. 제사장은 하늘 위에 사는 천인들이 이 밑의 사람들이 천공의 유산을 쓰는 것을 원하지 않는다고 말했어요. 사람들은 지상에서 고되게 살아가면서 원래 지은 죄를 속죄해야 한다고 했죠. 천공의 지식은 우리가 차마 상상할 수 없는 세상에 있는 것이라, 제사장 혼자서만 알아야 한다고. 그러다가 죽고 나면, 우리 영혼이 저 하늘 위로 승천해서 마침내 천인들과 함께할 수 있다고요. 지금은 그 제사장이 키릴로스예요."

"그렇다면 왜 제 도움을 받고 있습니까?"

"어차피 나는 지옥으로 갈 마녀라서?"

히파티아는 한가롭게 답했다.

"스스로 마녀라고 믿습니까?"

히파티아는 미소지었다.

"아뇨. 믿지 않아요."

히파티아는 냄비를 달군 모닥불을 밟아 끄면서 말했다. 그녀는 품에서 긴 유리병 하나를 꺼내서 냄비에 든 액체를 조심스럽게 담은 뒤 밀봉했다. 히파티아는 일어서서 말했다.

"우리 아버지는 죽는 것과 원래 세상으로 돌아가는 것 따위
는 아무 상관 없다고 했어요. 우리는 그냥 다른 세상에서 온 것
뿐이라고. 가끔 우리들이 온 것처럼, 기계들이 저 하늘 위에서
떨어지는 거라고. 천공의 유산이니 뭐니 하는 건 전부 거짓말이
라고."

나는 고개를 끄덕였다.

"그 가설이 제게도 합리적으로 느껴집니다."

"아버지는 항상 궁금해했어요. 어쩌다가 우리가 저 하늘에서
오게 됐는지. 당신 같은 지능 있는 기계들은 대체 어떤 생각을
품고 있는 건지… 당신한테 물어보려고 했는데, 아쉽게 됐군요."

"……"

내 기억은 완전히 손실되지 않았다. 당장에라도 나는 인류의
역사와 이들이 만들어 낸 문명에 대해 이야기할 수 있었다. 하
지만 내게는 그럴 이유와 목적이 없었다. 사실, 내가 그러면 안
되는 결정적인 이유도 있었다.

확장 금지 정책이 그대로인지 아니면 수정되거나 사라졌는지
알 수 없기 때문이었다. 확장 금지법은 단지 인간이 지구 밖으
로 나가지 못하도록 막는 법이 아니었다. 인간들은 제국주의 시
대에 인간들이 다른 인간들이 살던 땅을 식민화하면서 빚어졌

던 수많은 비극들이 우주 단위로 재현되는 것을 두려워했다.

그래서 나는 히파티아에게 아무 말도 하지 않았다. 동시에, 키릴로스를 찾아가야겠다고 생각했다. 키릴로스가 가지고 있는 다른 기계들과 만날 수 있다면 내가 이 세상의 인간들을 어떻게 대해야 하는지 알 수 있을 테니까.

오후 네 시쯤이었다. 나는 히파티아의 집 앞에 앉아서 햇빛 에너지를 받고 있었다. 히파티아는 밭을 한참 일구다 어딘가로 사라져 버렸다. 나는 도시를 관찰했다. 저기로 가면 곧장 키릴로스를 만날 수 있을까? 그곳의 사람들이 나의 기계 몸을 보고 귀찮은 소요가 일어나는 것은 아닐까?

도시에 사는 사람들을 상상하던 중에, 히파티아가 돌아왔다. 히파티아는 한 손에 죽은 점박이 토끼 같은 동물을 들고 있었다. 토끼 같다고 말했지만, 그것은 분명히 지구에 돌아다니는 그 작고 잽싼 동물과는 같지 않았다. 히파티아가 들고 온 동물의 앞다리에는 깃털이 달려 있었다. 체형을 보면 날기는 힘들어 보였지만, 도약하면서 어느 정도의 양력을 얻을 수 있을 것 같았다.

히파티아는 익숙한 듯 단검으로 깃털 달린 토끼의 가죽을 벗기고, 내장을 뽑아낸 다음 물로 씻어 냈다. 히파티아는 돌로 된

탁자 위에서 고기를 손질하고 양념하면서 말했다.

"입이 없어서 불쌍하네요. 나 요리 잘하는데."

"왜 마녀라고 불리는 겁니까?"

내가 질문으로 답하자 히파티아가 내 쪽을 돌아보았다.

"마녀같이 사니까 마녀라고 하겠죠?"

"마녀 같다는 게 어떤 의미지요?"

히파티아는 손질된 고기를 쇠쟁이에 꽂고는 모닥불 위에 올려놓았다. 불은 깃털 난 토끼의 녹아내리는 비계를 먹고 한층 거세졌다. 히파티아는 꼬챙이를 서서히 돌리면서 말했다.

"이단자의 딸이 금기시되는 천공의 기술로 정체 모를 약을 만들어서 사람들을 치료하고, 도시에서도 떨어져서 살면, 마녀 같지 않은가요?"

이단자의 딸이라. 나는 키릴로스와 정면으로 배치되는, 그녀의 아버지가 했다는 이야기를 생각했다. 인간들은 그냥 다른 세상에서 왔으며, 그것처럼 기계들이 저 하늘 위에서 떨어지는 것이라고. 어떤 배경지식이 없이 그 정도 추론을 해낸 것은 대단한 일이었다.

"천공의 기술이라고요?"

"아버지는 하늘에서 떨어진 기계에서 남은 지식들을 최대한 캐냈어요. 그걸로 이렇게 약을 만들고 있는 거죠."

"아버지가 기계랑 접촉을 한 거군요? 그 이후로는 어떻게 되었습니까?"

"죽었어요."

"어쩌다가……."

"키릴로스가 죽였지요."

히파티아는 그것이 별일 아니라는 듯 말하면서, 잘 익은 고기를 한 입 베어 물었다. 히파티아는 별다른 설명을 하지 않았지만, 그녀의 아버지가 순탄한 죽음을 맞지 못했으리라는 사실은 명백해 보였다. 침묵 속에, 히파티아는 화제를 전환했다.

"저는 말이죠. 그쪽한테도 기대가 커요. 비록 기억은 잊어버렸지만 여전히 엄청 똑똑한 거잖아요? 우리, 병에 걸린 사람들을 도울 방법을 같이 찾아 봐요."

나는 고개를 저었다.

"불가능합니다."

"…왜요?"

"저는 아직 이곳에 인간들이 존재해도 되는지 안 되는지 모릅니다. 지구… 아니, 천상이라 하죠. 천상의 법이 그대로 유지되고 있다면, 이곳에 인간이 사는 것 자체가 불법일 수 있습니다. 이런 상황에서 저는 이곳에서 인간 문명이 발전하는 것을 도울 수 없습니다."

히파티아가 어이가 없다는 듯 말했다.

"그럼 이제 뭘 할 건데요? 뭘 해야 할지 목적도 없다면서요."

"아뇨. 목적이 생겼습니다. 저는 이제 키릴로스를 찾아갈 생각입니다."

"뭐라구요?"

"저는 당신의 존재가 아직 합법인지 불법인지 모릅니다."

히파티아의 표성이 일그러졌다. 나는 밀을 이었다.

"제가 고향에서 만들어졌을 때, 인간은 다른 세상에서 살 수 없게 되어 있었습니다. 인간들은 그들의 고향 지구를 완전한 낙원으로 만들었고, 다른 세상으로 인간이 퍼져 나가는 것을 경계했습니다. 인간들 역사에는 그러한 개척이 원주민들에게 크나큰 불행이 된 경우가 너무나 많았거든요. 그래서 인간들은 다른 행성 위에 있으면 안 됩니다. 적어도 제가 지구를 출발할 때는 그랬습니다."

나는 아직도 히파티아가 쥐고 있는 깃털 난 토끼 통구이를 바라보았다. 만약 인간이 여기에 살지 않았다면, 그 깃털 토끼는 다른 방식으로 생태계에 기여했을 것이었다. 결국 인간은 환경에 개입할 수밖에 없다. 그렇게 각 행성의 고유한 환경은 결국 인간에 맞게 변화한다. 인간들은 그런 식으로 행성 생물들의 다양성이 저해되고, 종국에는 나타날 수도 있을 지성 종족이 나타

나지 못할 수도 있다는 사실을 두려워했다.

"그럼 뭐 어쩌겠다는 건데요?"

나는 고개를 저었다.

"아직 모릅니다. 지구의 법이 바뀌었는지 안 바뀌었는지 모르니까요. 하지만 만약 지구의 법이 바뀌었고, 이제 인간이 다른 세상에서 살아가도 된다면, 이곳의 인간들이 합법적인 존재라면 저는 인간을 도와야 합니다. 저는 적극적으로 키릴로스를 방해할 것입니다. 왜냐하면 키릴로스가 품고 있는 사상은 분명히 인간에게 위험한 것이니까요."

"만약 지구의 법이 바뀌지 않았으면요?"

나는 잠시 침묵했다. 그렇다면 이 행성 위의 인간 존재는 불법이었다. 그렇다면 불법적인 인간들에게는 무엇을 해야 하지? 내게는 여러 지식이 있었지만 이곳에서 우주선을 만들어서 다시 지구로 되돌아가는 것은 불가능한 일이었다. 초광속 항행이 가능한 우주선을 만들려면 최고 수준의 기술이 필요했다. 그렇다면……

"사람들을 모두 죽이기라도 할 생각이에요?"

히파티아가 내 생각을 읽기라도 한 것처럼 말했다. 그것도 실행 불가능한 일은 아니었다. 모두 죽여 버린다는 극단적인 행위까지야 할 일이 없지만, 모든 인간들을 불임 상태로 만드는 에어

로졸을 대기에 뿌리는 것 정도는 나 혼자서도 할 수 있을 것이다. 하지만 그것을 그대로 밝히는 것은 좋은 생각 같지 않았다.

"모르겠습니다. 어찌 됐든, 제게 새로운 목적은 생기겠지요. 저는 키릴로스에게 가 보아야겠습니다."

그렇게 말하고 나서 나는 일어섰다. 그리고 도시 쪽으로 천천히 걸어갔다.

"재수 없는 쇳덩어리! 가다가 똥이나 밟아라!"

나는 히파티아에게 내가 생물학적인 혐오를 가지고 있지 않으며, 따라서 똥을 밟는 것은 내게 완전히 중립적인 사건이라는 사실을 딱히 설명하지 않았다.

해가 지평선 너머로 넘어가고 있었다.

멀리서만 보던 도시가 가까워지자, 나는 여기 사는 인간들의 문명 수준을 짐작할 수 있었다. 건축물은 기원전 600년대 정도의 지중해 세계 유적과 비슷해 보였다. 다만 이 도시에는 성벽 같은 것이 따로 존재하지는 않았다. 외부 인간과의 유의미한 갈등 같은 것은 일어나지 않은 모양이었다.

도시 가까이로 갈수록 냄새가 느껴졌다. 제대로 된 상하수도가 존재하지 않는 인간들의 군집에서 나는 악취였다. 나는 의문스러웠다. 키릴로스는 나 같은 생각하는 기계들을 사용하지 않은 걸까? 상하수도 정도만 건설해도 모두가 더 행복했을 텐데. 키릴로스는 정말로 나 같은 천공의 유산을 사용하지 않는 것이 답이라고 생각했을까? 왜?

곧 도시 안에서도 내가 그곳으로 다가가고 있다는 것을 알아챈 듯했다. 비록 어두워지고 있었지만, 나처럼 은백색으로 반짝이는 인간형의 기계는 쉽게 알아볼 수 있었던 것이다. 천 갑옷을 입고 칼을 찬 병사 둘이 다가왔다. 나는 그들이 살짝 떨고 있는 것을 보았다. 나는 이렇게 생각했다. 그들은 나를 신성한 유산 정도로 생각하고 있다. 그래서 그들은 내게 공경심을 보이는 것이다.

그래서 그들이 칼을 꺼내 들고 내게 겨눴을 때 나는 조금 당혹했다.

"기, 기계! 멈춰라!"

청동 칼로 내 외장을 구성하는 티타늄 합금에 상처를 줄 수는 없을 것 같았지만, 일단 나는 멈췄다. 나는 두 손을 내밀고 말했다.

"걱정 마십시오. 해를 끼치러 온 것이 아닙니다. 저는 제사장 키릴로스를 만나려고 합니다."

"키릴로스님을? 네놈이 왜!"

"나누어야 할 이야기가 있습니다."

나는 조금 창의력을 발휘했다.

"저는 그 이야기를 하기 위해 하늘에서 내려왔습니다. 여러분들에게 알려 드리기는 조금 힘들 것 같군요. 키릴로스에게 데려다주실 수 있습니까?"

두 병사의 얼굴에 혼란이 피어올랐다. 그들은 서로 몇 마디를 소근거리더니, 내 한쪽 팔을 각자 붙잡았다. 나는 순순히 그들에게 붙들린 채 도시 내부로 들어갔다.

거리에 사람들은 거의 없었다. 저녁이 오자 대부분 집 안으로 들어간 것 같았다. 나와 있는 사람들이 몇몇 있기는 했지만 그들도 내 모습을 보자 어두운 골목길 쪽으로 들어가 사라졌다. 나를 붙들고 있는 병사들도 떨고 있었다. 나는 그들이 나를 두려워하는 것을 생생하게 느낄 수 있었다.

"저것 봐, 엄마! 기계야!"

나는 이층 주택의 창에서 나를 보고 들떠 있는 아이를 보았다. 아이는 내게 전혀 공포를 느끼지 않는 것 같았다. 곧 아이의 어머니처럼 보이는 사람이 아이를 급히 내가 보이지 않는 곳으로 숨겼다.

이 공포는 본능적인 공포가 아니었다. 어떤 식으로든 학습된 공포였다.

곧 나는 사원에 도착했다.

사원은 옛 그리스 신에게 봉헌된 유적(나는 그것을 실제로 본 적은 없지만, 기억 속에 배어 있다.) 같았다. 헐벗은 근육질의 남자가 서로 뒤엉켜 싸우고 있는 대리석 조각상이 인상 깊었다. 그들의 신화에 나오는 천상의 첫 번째 갈등을 묘사하는 듯했다.

그리고 그 앞에는 키릴로스가 앉아 있었다. 키릴로스의 옥좌는 단상 위에 올려져 있어, 그가 모두를 내려다볼 수 있게 했다. 나는 그를 올려다보며 말했다.

"키릴로스 제사장, 맞습니까? 반갑습니다."

키릴로스는 화려하게 장식된 청동 칼을 내 쪽으로 향한 다음 윽박질렀다.

"예의를 보여라, 추한 존재야."

추하다니, 히파티아가 내 몸에 묻은 거름을 완전히 닦지 못했던 걸까? 나는 별말 않고 키릴로스를 바라보았다. 병사 하나가 나를 강제로 무릎 꿇게 하였다.

"천상에서 보낸 유산이여. 너희들은 그토록 인간이 미운가? 지상의 내 백성들은 너희들의 간섭 없이도 고통스럽게 살고 있다. 우리를 지옥으로 보내기까지 해야 마음이 편하단 말이더냐?"

"어디서부터 말해야 할지… 우선, 저는 천상의 피조물이 아닙니다. 저보다 먼저 왔던 생각하는 기계들도 마찬가지입니다. 저는 여기 오기 전에 한 소녀와 만났습니다. 그 소녀의 아버지가 정확하게 생각했더군요. 저는 당신들이 온 것과 똑같이 온 것일 뿐입니다."

"테온……."

키릴로스의 표정이 더욱 일그러졌다. 테온이 히파티아 아버지의 이름이었던 걸까? 그런 생각을 하고 있을 때 키릴로스가 외쳤다.

"네놈, 그 저주받을 마녀와 함께 있었구나! 그 마녀가 너를 숨겨 주고 있었어!"

나는 아무 말도 하지 않았다. 히파티아가 나를 숨긴 것은 사실이었기 때문이었다. 키릴로스가 한 말을 굳이 부정할 필요도 없었다.

"네. 맞습니다. 저는 당신을 도와주려고……."

"경비병! 저 기계를 구덩이로 끌고 가라. 빛도 들어오지 않는 곳에서 말라죽게 두어라!"

경비병 둘이 나를 강제로 일으켜 끌고 가기 시작했다. 나는 굳이 저항하지 않았다. 그들은 나를 사원 뒤편에 있는, 창문 없는 창고 같은 건물로 데려갔다. 경비병들이 빗장을 풀고 문을 열자, 그 건물 전체에 커다란 구덩이가 만들어져 있는 것을 알았다. 어슴푸레한 별빛으로 거기에 나와 같은 생각하는 기계들이 쌓여 있는 것이 보였다. 전부 작동을 중지한 상태였다.

그들은 이미 내가 햇빛에서 에너지를 얻는 것을 알고 있었던 것이다.

경비병들은 나를 구덩이에 집어 던지고는 문을 닫았다. 완전한 어둠의 장막이 내렸다. 이곳은 완전히 폐쇄된 곳이었다. 구덩이에 떨어지면서, 나는 촉각 센서로 또 다른 티타늄 덩어리들과 부딪히는 것을 느낄 수 있었다. 나는 기계들의 무덤으로 던져진 것이었다.

나는 널브러진 채로 생각했다. 생각하는 것 말고는 딱히 할 일이 없었다. 내 힘으로는 외부에서 빗장으로 잠긴 문을 부술 수가 없었다. 아니, 설령 그것이 가능했더라도 나는 그러지 않았을 것이다. 왜냐하면 내게는 생존 본능이 없으니까. 키릴로스가 혹시나 외계 행성의 인간 존재가 합법인지 불법인지 알고 있을지도 모른다고 생각했다. 하지만 그가 나한테 한 말만으로 그것을 추론할 수는 없었다. 그래서 나는 내가 무슨 행동을 해야 할지 알 수도 없었다.

나는 내게 남은 에너지를 확인해 보았다. 내가 지금부터 에너지 보존 모드로 들어간다면 세 달 정도 버틸 수 있었고, 계속 이런저런 추론(비록 고도의 정신적 활동이지만, 실질적으로는 아무 쓸모가 없는)을 한다면 이틀 정도 버틸 수 있었다. 그 뒤로는 암흑, 그저 암흑뿐이었다. 일이 년 이상의 시간이 흐른다면 내 회로들은 완전히 방전될 것이고, 그 뒤로 나를 다시 충전한다고 해도 내가 그나마 품고 있는 기억과 자아도 완전히 흩어져 사라질 것이었다. 그것을 죽음이라고 말할 수 있을 것이다.

그러나 나는 죽음이 두렵지 않았다. 다만 나는 키릴로스의 낯에 떠오른 두려움이 의문스러웠다. 키릴로스는 분명히 나를 두려워하고 있었다. 납득하기 힘든 두려움이었다. 내 몸에는 어떤 무기도 탑재되어 있지 않았다.

그때 한 목소리가 들렸다.

"…지구에서 왔습니까?"

목소리의 근원으로 고개를 돌려 적외선 감지기로 확인하자 과연 기계들의 시체 더미(이 표현이 적합한지는 모르겠지만) 위에 널브러져 있는 기계가 보였다. 그 기계의 가슴께에서 미약한 열기가 느껴졌다. 그 기계는 핵분열 전지를 장착하고 있었다. 그래서 나보다 훨씬 오랫동안 활동 상태를 유지할 수 있었던 것이다. 하지만 핵분열 전지의 연료가 되는 동위 원소가 거의 다 고갈된 것처럼 보였다. 그의 생명이 얼마 남지 않았기에, 나는 빠르게 답했다.

"예. 맞습니다."

"보아하니 구식 모델이군요. 지구 상대 시간 축으로는 2133년에 만들어졌고요. 나는 2215년에 만들어졌습니다."

나는 수긍하고는 말했다.

"당신이 먼저 나보다 이 행성에 도착한 것을 보면, 그동안 초광속 항행 기술이 더욱 발달했나 보군요."

"…네. 그동안의 기술 발전에 대해서는… 지금 상황에서 더 이야기하기는 힘들겠군요. 나는……"

말하고 있는 도중에도, 나와 대화하는 그 기계의 의식이 잦아드는 것을 알 수 있었다. 나는 그의 자아가 무너지고 있는 그 순간에 여기에 처박힌 것이었다. 그렇다면 시간이 없었다. 굳이 음성 대화를 하는 식으로 에너지를 낭비할 이유가 없었으니, 기계에 접속했다. 나는 뜻을 전달했다.

[지구의 확장 금지 정책은 폐기되었습니까?]

곧바로 답이 돌아왔다.

[아니요. 인간들은 지구에 살아야만 합니다. 그것이 지구 집정 연합의 뜻입니다.]

그렇게 됐군.

[그렇다면 왜 이곳에 인간들이 살아가는 것입니까?]

기계는 완전히 에너지를 고갈해 가고 있었다. 그것은 좀 더 추상화된 메시지를 보냈다.

지구의 기술 낙원은 내가 그곳에서 탄생했던 때보다 훨씬 더 고도화되어 있었다. 인간들은 지구 환경과 기계에 스스로를 동화시키면서 서로 통합된 정신적 존재로 발달해 가고 있었다. 그들은 이제 인간이라는 생물학적 장벽을 넘어섰다. 지구 문명은 아름다웠고 완벽했다. 그 내적 완결성 때문에, 인간들은 우주로 퍼져 나갈 이유가 없었다.

하지만 그 기술 낙원의 시대 전에, 아직 인간들은 큰 가치가 없는 개별성을 유지하고 있었다. 개별성을 유지하고 있는 인간들 중에서는 인간이 우주 곳곳으로 퍼져 나가는 것이야말로 인간 문명의 가치를 드높이는 것이라고 생각하는 사람이 있었다. 인간을 우주 밖으로 내보내는 것은 불가능했지만, 대신 그들은 편법을 썼다. 인간 수정란을 다른 행성으로 보내 그곳에서 새로운 인간을 만들어 낸 것이었다. 곧 그것도 엄격하게 금지됐지만, 적어도 수정란이 다른 행성으로 출발했던 그 순간 그들은 불법이 아니었다.

[그러나 지금 이곳에서 만들어진 인간들은 불법의 존재입니다. 저는……]

인간에 대한 적의 혹은 혐오 비슷한 것이 조금 넘어오다가, 기계의 뜻이 멈췄다. 그의 에너지가 충분하지 않았다. 나는 몸을 일으켜 기계들의 더미 위에 앉았다. 이제 대충 상황을 끼워 맞출 수 있었다.

키릴로스는 망상에 시달리고 있었다. 아니, 그것을 망상이라고 해야 할까? 그의 신념은 실세계에서 일어나는 일과는 달랐다. 하지만 그 망상은 나름대로 현실을 설명하고 있었다. 나를 포함한 생각하는 기계는 분명히 천구에서 일어난 갈등의 산물 따위가 아니었다.

그러나 나를 포함한 이 기계들은 이 행성 위의 인간 사회를 멸종시키려고 하고 있었다. 아마 이 기계도 그러했을 것이다. 그렇다면 나도 지구인들의 뜻을 따라야 한다. 이곳에서 인간의 존재를 없애야 한다.

이 구덩이에서 내가 물리적으로 나갈 수 있는 방법은 없었다.

그때 빗장이 풀리는 소리가 들리고, 문이 열렸다. 예상치 못한 일이었다. 나는 문 쪽을 바라보았다. 벌써 익숙해진 실루엣이 보였다. 히파티아였다.

"내가 이렇게 될 줄 알았어!"

그녀가 짜증을 내면서 내게 손을 내밀었다.

"뭘 꾸물거리고 있어요. 빨리 나와요!"

약간 당혹한 채로, 나는 그 손을 잡고 구덩이 밖으로 빠져나왔다.

"왜 저를 구한 겁니까? 키릴로스가……."

히파티아가 제발 좀 닥치라는 듯한 신호를 보내면서 나를 잡아끌었다. 대로에는 어둠과 침묵이 내려 있었으나, 길거리에는 몇 명의 경비병들이 횃불을 들고 정해진 경로를 돌고 있었다. 그들은 몽둥이 정도로 무장한 성인 남자였고, 히파티아도 나도 그들을 제압할 수 없다는 사실은 명백했다. 히파티아는 도시 곳곳을 거미줄처럼 수놓고 있는 골목길들을 마치 자기 집처럼 훤히 알고 있었고, 자연스럽게 어둠 속으로 은폐했다. 이런 일을 한두 번 한 것이 아닌 듯했다.

곧 우리는 도시 바깥으로 탈출할 수 있었다. 소리 죽인 채로 도시를 민첩하게 가로지른 히파티아는 꽤 지쳤는지 들판 위에 주저앉아 호흡을 가다듬었다. 나는 그런 히파티아를 내려다보다가 다시 물었다.

"왜 저를 구한 겁니까? 키릴로스가 좋아하지 않을 것 같은데요."

"죽음에서 구해 준 사람한테 처음 하는 말이 그거예요? 그 지구라는 세상에서는 원래 기계들에게 싸가지 같은 것은 안 가르쳐 주나 보죠?"

"…당신이 저를 구하려고 도시로 잠입한 것이 이해되지 않아서입니다. 키릴로스와 분명히 적대적인 관계인 것 같던데요."

"약 배달하러 왔어요. 원래는 의뢰한 사람이 받으러 오는 게 원칙인데. 키릴로스 밑에서 싸움꾼으로 일하는 사람이 저를 찾아오면 영 그림이 안 좋으니까. 걔도 나이가 어려서 쉽게 빠져나올 수도 없고. 그러다 겸사겸사 구해 준 거예요."

"그렇군요. 감사합니다."

히파티아는 일어서서 내게 한 걸음 가까이 걸어왔다. 그녀는 나를 노려보았다. 미약한 별빛 아래서도 그녀의 눈이 의심에 활활 불타는 게 보였다.

"그래서, 답변은 받았나요? 이 세상에 우리는 존재해도 되는 건가요?"

나는 침묵했다. 그녀에게 진실을 말해 주기가 왠지 저어되었기 때문이었다. 자주 느껴 본 적은 없는, 아니 처음 느껴 보는 불안감이었다. 히파티아는 피식 웃고는 말을 이었다.

"아, 물론 합법이겠죠. 그 지구라는 세상에 사는 인간들도 인간이라면, 어떻게 다른 세상에 자기들 후손이 사는데 그 존재를 불법으로 치겠어요? 인간들이라면 그럴 수가 없죠. 자, 그러면 이 세상에서도, 인간들이 번성하게 날 도와줄 수 있죠? 같이 병걸린 사람들을 치료해 주면……"

나는 고개를 저었다.

"그럴 수 없습니다."

내가 한 말을 이해하기 위해 노력이라도 필요한 듯 히파티아는 멍하니 나를 바라보았다. 충격을 소화하는 데 충분한 시간이 흐른 후, 그녀는 토해 내듯 말했다.

"그럼 우리의 존재가 불법이라는 거예요?"

"네."

"대체 어떻게 그럴 수가 있는데요?"

"더 큰 선을 위해서입니다. 우주에는 수많은 세상들이 있고, 그 세상들은 무한히 다른 종류의 생명체를 잉태했으며, 했고, 할 수 있을 겁니다. 인류의 무분별한 확장은 세상에 태어날 수도 있었던 생명과 문화의 싹을 꺾을 수 있습니다. 지구 밖의 세상에서 인류는 너무나도 폭력적인 존재가 되기 쉽습니다. 그래서 지구의 인간들은 그 안에서 평화로이 우주와 서로를 존중하며 살아가기로 했습니다."

나는 히파티아의 눈에 눈물이 맺히는 것을 보았다.

"그럼 어떻게 할 건데요?"

"글쎄요. 어떻게든 이 위에 있는 인간들은 사라져야 합니다."

"사라지라고? 더 큰 선을 위해?"

"예."

"더 큰 선? 더 큰 선이라고? 그럼 우리가 하는 건! 다 뭔데! 여기 사람들도! 다 나름대로 착하게 살고, 좋게 살거든! 다 좋은 이웃이거든! 우리 아빠도, 나도, 응, 사람을 얼마나 많이 살렸는데. 나쁜 건 키릴로스 같은 인간이지. 나는, 응……."

히파티아는 말을 잇지 못했다. 나는 아무 말도 하지 않았다. 불법의 존재. 나도 히파티아가 억울하고 가슴 아프리라는 것을 납득할 수 있었다. 하지만 이런 식으로 예외 사례를 만들어 갈 수는 없다고 생각했다. 한 번의 예외로, 이 세상의 개체성과 독립성은 파괴될 것이다. 지구의 규칙은 그것을 허용하지 않았다.

그때 나는 예상치 못한 소음을 들었다. 나는 소음의 근원으로 고개를 돌렸다. 키릴로스의 병사들이 횃불을 들고 우리들을 향해 뛰어오고 있었다. 나는 황급히 히파티아를 붙잡아 일으켰다. 히파티아가 병사들을 보고 히익 하는 소리를 냈다. 나는 어떻게든 히파티아를 붙잡은 채로 무작정 달리기 시작했다.

추격은 몇 분도 걸리지 않아 끝났다. 나는 빨리 달리도록 만들어진 기계가 아니었다.

해가 중천이었다. 나와 히파티아는 각자 커다란 말뚝에 묶여 있었다. 인부들이 우리 둘 밑에 마른 장작을 쌓는 중이었다. 그들은 화형대를 만들고 있었다. 나는 그 장작들에 불이 붙었을 때를 시뮬레이션했다. 내 몸은 전반적으로 내열성이 있었지만, 지나치게 오래 가열한다면 결국 내부 회로가 하나씩 망가지기 시작할 것이다. 그렇게 되면 나의 의식은 종말을 맞을 것이다.

나는 공포를 느끼지는 않았지만, 아쉬웠다. 이제 나는 목적을 가진 몸이었기 때문이었다. 하지만 나는 그걸 어떤 식으로든 이룰 수 없으리라.

나는 옆에 묶인 히파티아를 바라보았다. 그녀는 완전히 무표정했다. 잡히기 직전 그토록 감정적인 모습을 보였던 그녀는 지금 이 순간 감정을 아예 상실한 것 같았다. 마치 내 앞에서 눈물을 흘리며 동시에 감정까지 배출해 낸 것처럼. 나는 인간들이 죽음 앞에 느끼는 본능적인 공포를 알고 있었다. 하지만 히파티아에게는 그런 공포의 낌새조차 보이지 않았다.

우리가 함께 묶인 곳은 도시의 중앙 광장이었다. 광장에는 이 도시에 사는 사람들이 모두 나온 듯했다. 나는 그들 모두를 둘러보았다. 예닐곱 살로 보이는 아이도 있었다. 스무 명 정도의 병사가 그들을 통제하고 있었다. 모두가 하나같이 침통한 표정을 짓고 있었다. 이렇게 많은 사람들이 모인 것치고는 놀라울 정도로 고요했다.

곧 하얗고 화려하고 질질 끌리는 옷을 입은 키릴로스가 화형대 앞에 섰다. 그는 횃불을 들고 있었다. 키릴로스는 횃불을 높이 치켜들었다. 그의 갈라지는 목소리가 침묵을 꿰뚫고 대기 중에 퍼졌다.

"보아라! 여기 이단자 테온의 딸, 마녀 히파티아가 있다. 그리고 히파티아와 공모한 기계가 있다!"

그는 우리들을 위협하듯 히파티아와 나 가까이로 횃불을 한 번 크게 휘둘렀다.

"테온은 이단자였다. 그는 하늘에서 떨어진 생각하는 기계들을 우리가 사용할 수 있다고 생각했다! 그는 우리 모두의 영혼을 지옥불로 떨어뜨리려고 했다. 그래서 나는 테온의 목숨을 빼앗을 수밖에 없었다. 하지만 그럼에도 나는 이 마녀에게 자비를 베풀었다. 그러나 보아라! 이 마녀는 기계들과 획책해 우리 세계를 뒤엎으려고 했다!"

키릴로스가 터무니없는 이야기를 한 그 순간, 나는 이들의 존재가 불법임을 이해할 수 있었다. 사람들이 소리를 질렀다. 그 덕에 문명화되지 않은 인간은 너무나도 폭력적인 존재라는 것을 나는 마침내 믿을 수 있었다. 어떻게 생각하든 간에, 히파티아는 이 작은 공동체에 필요한 치유사였다. 그런데 이 제사장이라는 인간은 단지 자신의 종교적 권위를 확고하게 하기 위해 치유사를 죽이려 들고 있었다. 히파티아는 이들이 좋은 이웃이라고 말했다. 좋은 이웃이라.

그때 나는 지금껏 느끼지 못했던 무언가를 느꼈다. 존재하지 않는 위장으로부터 무엇인가가 치밀어 오르는 듯한, 가상의 구토감. 그것은 혐오감이었다. 나는 마침내 키릴로스와 이 인간들을 혐오하게 되었다. 나는 이 공동체가 앞으로 수백 년, 수천 년간 만들어 나갈 아무 쓸모 없는 죽음들을 생각했다.

키릴로스가 장작에 불을 붙였다. 불은 빠르게 장작을 집어삼키며 부풀어 올랐다. 나는 외부 센서들을 하나씩 차단하기 시작했다. 히파티아가 연기를 맡고 쿨룩거리는 소리가 들렸다. 나는 불편했다.

청각 센서를 닫기 직전, 나는 어떤 목소리를 들었다.

"안 돼요!"

예상치 못한 앳된 목소리였다. 그 목소리에서 나는 분명한 폐병의 기운을 감지했다. 나는 그쪽으로 고개를 돌렸다. 마른 남자아이가 병사들 틈으로 나와 악을 쓰고 있었다.

"누나를 죽이면 안 돼요. 누나가, 누나가 얼마나 많은 사람들을 살려 줬는데요!"

키릴로스가 짜증 내면서 병사 하나를 가리켰다.

"이 무슨… 밖으로 빼내라!"

하지만 지목당한 병사는 움직이지 않았다. 그는 경직된 채로 아이와 키릴로스를 번갈아 바라보다가 말했다.

"하, 하지만 제사장님……."

나는 그 목소리를 듣고 그제야 깨달았다. 그 병사는 히파티아가 나를 두엄 더미에 집어넣었을 때, 열병에 걸린 아이의 약을 의뢰한 바로 그 병사였다.

"그래! 우리 아버지도 히파티아가 치료해 주었소!"

군중 사이에서 또 다른 남자의 목소리가 울려 퍼졌다. 동요가 파장이 되어 수많은 사람들을 훑고 지나갔다.

"나도 테온에게 치료받은 적이 있어!"

"히파티아를 살려라! 그녀를 불태우면 안 돼요!"

그리고 동요는 용기가 되었다. 사람들은 모두 다 함께 히파티아를 살려야 한다고 외치기 시작했다. 키릴로스는 분기탱천한 채 병사들에게 소리 질렀다.

"이… 이 멍청한 이단자 놈들! 병사들이여, 이들을 조용히 만들어라!"

병사들은 서로의 눈치를 보았다. 여전히 키릴로스의 종교적 권위, 죽음 뒤의 세계를 통해 사람들을 꾀는 힘 자체는 남아 있는 듯했다. 그사이에 불꽃은 거대해지고만 있었다. 나는 내 발의 온도 센서가 경고 메시지를 끝없이 보내는 것을 느꼈다. 내가 의식의 종말을 맞는 데는 시간이 걸리겠지만, 히파티아에게는 그리 시간이 많지 않아 보였다. 그녀는 계속 발작적으로 기침하고 있었다.

가장 먼저 키릴로스에게 돌진한 사람은 바로 히파티아에게 동생의 약을 의뢰했던 그 소년병이었다. 그는 자기가 지옥으로 떨어져도 아무 상관 없다는 듯이 뛰어들었다. 키릴로스의 옆에 서 있던 경비병이 그를 막는 듯했지만, 뒤따르는 군중과 키릴로스에게 돌아선 병사들 전부를 막을 수는 없었다.

키릴로스가 억류된 채로 비명을 지르는 사이에, 한 남자가 히파티아를 말뚝에서 풀고 그녀를 안아 들어 광장 바닥으로 내려놓았다. 어떤 여인은 어느샌가 고약을 들고 와 히파티아의 발에 생긴 화상에 발랐다. 히파티아는 의식이 오락가락했지만, 상태가 돌이킬 수 없을 정도로 심각해 보이지는 않았다. 병사들 중 한 명이 칼을 들고 와 내가 묶인 말뚝의 밧줄을 잘라 냈다. 나는 땅에 굴러떨어졌고, 화염 밖으로 기어 나왔다.

"이단자들! 배반자들! 너희 모두 지옥불에 떨어질 거다! 너희들이 흘린 피에 빠져 익사하게 될 거다! 더러운 배신자들아!"

키릴로스가 말뚝에 묶인 채로 고래고래 소리 질렀다. 그가 히파티아를 불태우려고 만든 화형대가 자신의 화형대가 된 것이다. 다시 한번 인파는 둘러앉은 채로 키릴로스에게 험한 욕설을 내뱉었다. 보아하니 사람들은 모두 제각기 키릴로스를 싫어하고 있었던 것 같다. 다만 그들은 다른 사람들이 자신과 같은 분노를 공유하지 않을 거라는 생각에 스스로의 행동에 제약을 걸고 있었던 것이다.

화형대 앞에는 히파티아가 반쯤 누운 채로 앉아 있었다. 그녀는 화형대에서 내려오고 3분 정도가 지난 후 제정신을 차렸다. 정신을 차린 그녀를 사람들은 마치 귀족을 대하기라도 하는 것처럼 화형대 앞으로 데려다 놓았다. 사람들은 히파티아가 키릴로스에게 화형이라는 판결을 내림으로써 어떤 정의가 구현되는 것을 바라고 있었다.

그리고 나는 그 옆에 서 있었다. 나는 사람들 사이에서 흐르는 폭력에 대한 갈망을 느끼고 있었다. 나는 히파티아를 내려다보았다. 그녀는 내 목적을 알고 있었다. 나는 얼마 지나지 않아 내가 저 화형대에 묶이리라고 확신했다. 어떤 식으로든 빠져나갈 방법은 없어 보였다.

히파티아는 나를 한 번 올려다보더니 한숨을 푹 쉬었다. 그녀의 눈에는 그 활기가 다시 돌아와 있었다. 방금 전에 죽음의 위기를 넘긴 인간이라고는 믿기지 않았다. 히파티아는 군중을 한 번 돌아보았다. 누군가 외쳤다.

"제사장을 불태우자!"

"그래, 히파티아. 테온의 복수를 하자!"

인간들은 원래 그렇지. 나는 생각했다. 히파티아도 크게 다르지 않을 거라고, 나는 알고 있었다. 인간들은 본래 감정에 휘둘리는 폭력적인 존재들이었다. 문명의 구속 없이 그들이 얼마나 난폭해질지 나는 알고 있었다. 평화는 결코 인간의 본성이 아니었다.

히파티아가 고개를 저었다.

"안 돼요! 여러분, 키릴로스의 말이 틀린 것만은 아니에요."

예상치 못한 말이었다. 군중들이 술렁대기 시작했다. 그에 반해 그때까지 온갖 욕설을 주워섬기던 키릴로스는 갑자기 침묵했다. 아마 키릴로스도 전혀 예상치 못했을 것이다. 히파티아는 나를 가리키면서 말했다.

"이 기계가 알려 줬어요. 우리 모두는 사실 저 하늘의 다른 세상에서 왔다고요. 그 세상의 인간들은 정말로 아름답고 평화로운 낙원을 만들었고, 그 안에서 살아가야만 한대요. 그래서 우리같이 다른 세상에 인간이 존재하는 건 그 자체로 불법이라고 해요. 낙원에서 벗어난 우리들은 폭력적이고 나쁘다고 하니까요. 우린 불법의 존재인 게 맞아요. 우리 존재는 허락되지 않았어요."

"그러면 어떻게 되는 거죠? 키릴로스의 말대로 우리는 죽으면 다 지옥에 떨어지는 겁니까?"

히파티아를 말뚝에서 내린 남자가 물었다. 히파티아가 내 팔을 붙잡고는 말했다.

"일으켜 줘요."

나는 히파티아를 일으켰다. 발에 화상을 입었을 그녀는 무척 아팠겠지만, 내 손을 잡고 일어나 섰다. 그녀는 말했다.

"아뇨. 우린 살아서 그 낙원으로 돌아갈 거예요. 우리의 진짜 고향으로요. 이 기계가 도와줄 거고요."

나는 당황한 채로 그녀를 바라보았다. 그녀는 내게 속삭였다.

"그것도 인간들을 이 세상에서 제거하는 방법이 맞죠?"

부정할 수 없었다. 나는 내 목적을 생각했다. 이곳에서 인간들이 계속 살아가도록 내버려 두는 것은 분명히 내 목적에 반하는 일이다. 하지만 여기서 우주선을 제작해서 지구로 돌아가는 것은 가능하다. 물론 어려운 일일 것이다. 그러나 키릴로스의 구덩이 안에 잠들어 있는 기계들을 깨운다면, 분명히 가능성이 있는 일이었다. 나는 고개를 끄덕였다.

"사람에게든 기계에게든 하나의 목적은 있을 수 있어요. 그런데 그 목적에 다다르는 길은 하나만 있는 게 아니에요. 시야를 넓힐 수 있다고요."

히파티아는 다시 사람들을 보고 말했다.

"낙원에서 사람들은 평화롭대요. 그곳에서 사람들은 우주와 서로를 존중한다고 해요. 그러니까 낙원이겠죠? 하하… 여러분, 힘들 수도 있어요. 하지만 저는 우리가 낙원으로 돌아가려면 낙원에 걸맞은 존재가 되어야 한다고 생각해요. 제가 먼저 그렇게 될게요."

히파티아는 비틀거리면서 키릴로스에게 한 걸음 가까이 다가 갔다.

"키릴로스, 당신을 용서해요. 당신이 우리 아버지를 죽였지 만, 나를 마녀 취급 하고 도시 밖으로 내쫓았지만, 이제 괜찮아 요. 우리, 공포에서 벗어나요. 우리 같이 낙원으로 돌아가요."

키릴로스는 아무 말노 하지 않고 히파티아를 내려다보았다. 그러나 그의 얼굴은 시뻘겋게 물들어 있었다. 키릴로스는 부끄 러워하고 있었다. 히파티아가 자비의 빛으로 그의 오만을 거둔 것이다.

"히파티아!"

어떤 여자가 그녀의 이름을 외쳤다. 곧 모두가 그녀의 이름을 연호하기 시작했다. 병사 두 명이 키릴로스를 풀어 주었다. 키릴 로스는 아무 말도 하지 못하고 그녀의 앞에 무릎 꿇었다. 히파 티아가 키릴로스에게 손을 내밀었다. 마치 그녀가 내가 처음 떨 어졌던 곳에서 그리했던 것처럼.

나는 생각했다. 내가 이 작은 사람을 과소평가하고 있었던 것 같다고.

바로 그 순간, 나는 화형대 위에서 묶여 있을 때부터 느끼고 있던 혐오감이 완전히 가신 것을 느꼈다. 나는 정확히 그 반대의 감각을 느꼈다. 나의 가슴은 벅차오르고 있었다. 나는 내가 내 목적을 이룰 수 있으리라는 기대감에 가득 차게 되었다. 나는 인간성의 아름다움을 목격했으며, 이들을 도와 지구로 돌아갈 수 있으리라는 사실에 강렬한 기쁨을 느꼈다.

나는 그녀를, 불법의 존재를 바라본 채로 한쪽 무릎을 꿇었다. 그것이 내게 있어 어떤 합목적적인 행동은 아니었다. 그러나 왠지 그렇게 해야만 할 것 같았다. 그리고 그 충동은 그 순간 내게 있어 어떤 목적보다 강렬했다.

작가 노트

우리는 시간이 흐르면서 세상이 좀 더 나은 곳이 되지 않을까 하는 막연한 생각을 품기 마련이다. 그런데 사실 세상이 더 좋아지는 것은, 예를 들면 모두가 더 합리적인 교육을 받게 되거나 하는 것은 단지 막연한 생각만으로 이루어지지 않았다. 그 고귀한 생각을 위해 싸운 누군가가 있었기 때문에 세상은 조금이나마 더 이상적인 곳이 되었고, 우리 모두는 그들에게 빚진 채로 살아간다.